¡NOSOTROS!

Augusto Monterroso
Obras completas
(e outros contos)

TRADUÇÃO
Lucas Lazzaretti

*mundaréu

© Editora Mundaréu, 2022
© Augusto Monterroso, 1959

Esta edição foi publicada mediante acordo com International Editors' Co.

TÍTULO ORIGINAL
Obras completas (y otros cuentos)

COORDENAÇÃO EDITORIAL E TEXTOS COMPLEMENTARES
Silvia Naschenveng

CONCEPÇÃO DA COLEÇÃO
Tiago Tranjan

CAPA
Estúdio Pavio

DIAGRAMAÇÃO
Luís Otávio Ferreira

PREPARAÇÃO
Fábio Fujita

REVISÃO
Editorando Birô e Vinicius Barbosa

Edição conforme o Acordo Ortográfico da Língua Portuguesa (1990).

Dados Internacionais de Catalogação na Publicação (CIP)
Angelica Ilacqua CRB-8/7057

> Monterroso, Augusto
> Obras completas (e outros contos) / Augusto Monterroso ; tradução de Lucas Lazzaretti. –– São Paulo : Mundaréu, 2022.
> 112 p. (Coleção Nosotros)
>
> ISBN 978-65-87955-09-4
> Título original: Obras completas (y otros cuentos)
>
> 1. Literatura guatemalteca 2. Contos I. Título II. Lazzaretti, Lucas III. Série
> 22-1259   CDD 863

Índice para catálogo sistemático:
1. Literatura guatemalteca

2022
Todos os direitos desta edição reservados à
EDITORA MUNDARÉU LTDA.
São Paulo – SP
www.editoramundareu.com.br
vendas@editoramundareu.com.br

Sumário

7   Apresentação

Obras completas (e outros contos)

13   Mister Taylor
23   Um em cada três
29   Sinfonia Acabada
33   Primeira-Dama
47   O eclipse
49   Diógenes também
63   O dinossauro
65   Leopoldo (seus trabalhos)
85   O concerto
89   O centenário
93   Não quero enganá-los
101 Vaca
103 Obras completas

Apresentação

Lo bueno, si breve, dos veces bueno.[1]

Exacto en su palabra, Monterroso nació clássico.

ELENA PONIATOWSKA

Guatemalteco nascido em Honduras e exilado por décadas no México, Augusto Monterroso é considerado um mestre do conto latino-americano e, especialmente, da concisão — não apenas pela preferência pelas formas curtas, mas também pela produção literária espartana em quantidade.

Tito (Augusto parece longo e imperial demais) Monterroso cresceu na Guatemala, país de seu pai e do qual ele mesmo sairia em 1944, ainda bem jovem, como exilado político — Monterroso atuava como jornalista e participava ativamente da oposição política ao ditador Jorge Ubico,

---

[1] Aforismo de autoria incerta, mas, segundo informações do Centro Virtual do Instituto Cervantes, foi popularizada pelo escritor Baltasar Gracián em sua obra *Oráculo manual e arte da prudência* (1647), que acrescentava "*Y aun lo malo, si poco, no tan malo*". [N.E.]

tendo cunhado a monterrosiana frase *"yo no me ubico"*[2]. Foi para o México, onde logo assumiu um cargo diplomático, foi cônsul em La Paz, Bolívia (sempre designado pelos breves governos democráticos guatemaltecos), e passou uma temporada em Santiago do Chile. Em 1956, retornou definitivamente ao México, onde foi professor de literatura na Universidad Nacional Autónoma de México (Unam) e editor de suas publicações institucionais, entre outras funções acadêmicas e editoriais.

Foi no México que Monterroso passou a escrever com maior regularidade e a se ver como escritor e ali publica, em 1959, este *Obras completas (e outros contos)*, que, apesar do título enganoso, é sua estreia literária. O livro traz seu icônico conto de uma linha, "O dinossauro", microrrelato de tamanho inversamente proporcional às possíveis interpretações que engendra, e outros achados da elegância, da capacidade fabular, da ironia e, claro, da precisão de Monterroso.

Sua obra conta com fábulas, ensaios, contos, poesia, memórias, diários e textos sem classificação definida, sempre marcada pela brevidade — para Monterroso, menos é mais. Outras marcas monterrosianas são a alegoria e os personagens arquetípicos, capazes de fazer uma anedota ou uma historieta com animais falantes virarem um comentário crítico e abrangente sobre as engrenagens do capitalismo ou a ideologia colonial ou levantar questões existenciais (se duvidam, pulem diretamente para os contos "Mister Taylor", ou "O eclipse", ou "Vaca"). Sem medo de

---

[2] Ubicar, em castelhano, significa encontrar ou estar em determinado espaço ou local, localizar-se. [N.E.]

recorrer ao *nonsense* e aos paradoxos, a sedução pela sugestão era sua prática.

Monterroso conquistou outros escritores e literatos tanto por sua figura singela e comprometida quanto por sua obra singular. Provavelmente a história que melhor o resume é a contada pelo escritor mexicano Juan Villoro. Villoro participou da tradicional oficina de contos que Monterroso ministrava na Cidade do México, em que eram aceitos apenas três alunos por ano; e ele era tão rigoroso que acabava funcionando como inibidor da escrita, empenhado em querer mostrar aos alunos que a literatura era algo bem mais elevado do que pensavam. Segundo Villoro, se algum deles comentava que estava escrevendo um romance de duzentas, trezentas páginas, Monterroso não hesitava: "Ah, então está se preparando para escrever um conto!".

A concisão é uma conquista.

*mundaréu

São Paulo, fevereiro de 2022

Obras completas (e outros contos)
Obras completas (y otros cuentos)

Mister Taylor

— Menos estranha, ainda que sem dúvida mais exemplar — disse então o outro —, é a história de Mr. Percy Taylor, caçador de cabeças na selva amazônica.

Sabe-se que, em 1937, saiu de Boston, Massachusetts, onde havia polido seu espírito até o extremo de não ter um centavo. Em 1944, aparece pela primeira vez na América do Sul, na região do Amazonas, convivendo com os indígenas de uma tribo cujo nome não é preciso recordar.

Por suas olheiras e seu aspecto famélico, logo ficou conhecido ali como "o gringo pobre", e as crianças da escola até lhe apontavam o dedo e lhe atiravam pedras quando passava com sua barba brilhante sob o dourado sol tropical. Mas isso não afligia a humilde condição de Mr. Taylor, que havia lido no primeiro tomo das *Obras completas* de William G. Knight que não se sente inveja dos ricos, a pobreza não desonra.

Em poucas semanas, os nativos se acostumaram a ele e a sua roupa extravagante. Ademais, como tinha os olhos azuis e um vago sotaque estrangeiro, o presidente e o ministro das Relações Exteriores o tratavam com singular respeito, temerosos de provocar incidentes diplomáticos.

Tão pobre e mísero estava que, certo dia, enfurnou-se na selva em busca de ervas para alimentar-se. Havia caminhado coisa de vários metros sem se atrever a virar o rosto quando, por pura casualidade, viu através do mato dois olhos indígenas que o observavam resolutos. Um longo estremecimento percorreu as costas sensitivas de Mr. Taylor. Mas Mr. Taylor, intrépido, encarou o perigo e seguiu seu caminho assobiando como se nada tivesse visto.

De um salto (que não há por que chamar de felino), o nativo se pôs diante dele e exclamou:

— *Buy head? Money, money.*

Embora o inglês não pudesse ser pior, Mr. Taylor, um tanto indisposto, viu claramente que o indígena lhe oferecia para venda uma cabeça de homem, curiosamente reduzida, que trazia na mão.

Desnecessário dizer que Mr. Taylor não estava em condições de comprá-la; mas, como ele aparentou não compreender, o índio se sentiu terrivelmente diminuído por não falar bem o inglês e com ela lhe presenteou, pedindo desculpas.

Grande foi o regozijo com que Mr. Taylor regressou para sua choça. Essa noite, deitado de barriga para cima sobre a precária esteira de palmeira que lhe servia de leito, interrompido apenas pelo zumbir das moscas acaloradas que volteavam em torno fazendo amor obscenamente, Mr. Taylor contemplou com deleite, durante um bom tempo, sua curiosa aquisição. O maior gozo estético decorria de contar, um por um, os pelos da barba e do bigode, e de ver de frente o par de olhinhos irônicos que pareciam sorrir-lhe agradecidos por aquela deferência.

Homem de vasta cultura, Mr. Taylor costumava entregar-se à contemplação; mas, dessa vez, logo se cansou de suas reflexões filosóficas e se dispôs a obsequiar a cabeça a um tio seu, Mr. Rolston, residente em Nova York, o qual, desde a mais tenra infância, havia revelado uma forte inclinação pelas manifestações culturais dos povos hispano-americanos.

Poucos dias depois, o tio de Mr. Taylor lhe pediu — após indagação sobre o estado de sua importante saúde — que, por favor, lhe comprouvesse obtendo mais cinco. Mr. Taylor aquiesceu com gosto ao capricho de Mr. Rolston e — não se sabe de que modo —, na resposta à mensagem, disse que "muito lhe agradaria satisfazer a seus desejos". Muito grato, Mr. Rolston lhe solicitou outras dez. Mr. Taylor se sentiu "lisonjeadíssimo em poder servi-lo". Mas quando, passado um mês, aquele lhe rogou o envio de vinte, Mr. Taylor, homem rude e barbado, mas de refinada sensibilidade artística, teve o pressentimento de que o irmão de sua mãe estava fazendo negócios com elas.

Bem, se querem saber, assim o era. Com toda franqueza, Mr. Rolston o deu a entender em uma inspirada carta cujos termos resolutamente comerciais fizeram vibrar como nunca as cordas do sensível espírito de Mr. Taylor.

De imediato, combinaram uma sociedade em que Mr. Taylor se comprometia a obter e remeter em escala industrial cabeças humanas reduzidas, enquanto Mr. Rolston as venderia da melhor maneira que pudesse em seu país.

Nos primeiros dias, houve algumas incômodas dificuldades com certos tipos do lugar. Mas Mr. Taylor, que em Boston havia logrado as melhores notas com um ensaio sobre Joseph Henry Silliman, revelou-se político e obteve das autoridades não só a permissão necessária para exportar, como, ademais, uma concessão exclusiva por noventa e nove anos. Escasso trabalho lhe custou convencer o guerreiro Executivo e os bruxos Legislativos de que aquele passo patriótico enriqueceria, em curto prazo, a comunidade, e de que logo estariam todos os sedentos aborígenes em possibilidade de beber (cada vez que fizessem uma pausa na colheita de cabeças) um refresco bem frio, cuja fórmula mágica ele mesmo disponibilizaria.

Quando os membros da Câmara, depois de um breve mas luminoso esforço intelectual, deram-se conta de tais vantagens, sentiram ferver seu amor à pátria e, em três dias, promulgaram um decreto exigindo do povo que acelerasse a produção de cabeças reduzidas.

Meses mais tarde, no país de Mr. Taylor, as cabeças alcançaram aquela popularidade que todos recordamos. A princípio, eram privilégio das famílias mais abastadas; mas a democracia é a democracia, e, ninguém há de negar, em questão de semanas, puderam adquiri-las até mesmo professores primários.

Um lar sem sua cabeça correspondente era tido como um lar fracassado. Prontamente vieram os colecionadores e, com eles, as contradições: possuir dezessete cabeças chegou a ser considerado de mau gosto; mas era distinto ter onze. Vulgarizaram tanto que os verdadeiramente elegantes foram perdendo interesse e somente em casos excepcionais adquiriam alguma, e apenas se esta apresentasse qualquer particularidade que a salvasse do vulgar. Uma, muito estranha, com bigodes prussianos, que pertencera em vida a um general bastante condecorado, foi obsequiada ao Instituto Danfeller, que, por sua vez, doou, como em um raio, três milhões e meio de dólares para fomentar o desenvolvimento daquela manifestação cultural, tão excitante, dos povos hispano-americanos.

Enquanto isso, a tribo havia progredido de tal forma que já contava com uma calçada ao redor do Palácio Legislativo. Por essa alegre calçada, passeavam aos domingos e no Dia da Independência os membros do Congresso, pigarreando, exibindo suas plumas, muito sérios rindo, nas bicicletas que lhes havia obsequiado a Companhia.

Mas o que querem? Nem todos os tempos são bons. Quando menos esperavam, apresentou-se a primeira escassez de cabeças.

Então começou o melhor da festa.

Os meros falecimentos já resultavam insuficientes. O ministro da Saúde Pública, num momento de sinceridade numa noite caliginosa, com a luz apagada, depois de acariciar o peito por um tempinho sem motivo algum, confessou a sua mulher que se considerava incapaz de elevar a mortalidade a um nível que atendesse aos interesses da Companhia, ao que ela respondeu que não se preocupasse, que logo veria como tudo acabaria bem, e que melhor seria se dormissem.

Para compensar essa deficiência administrativa, foi indispensável tomar medidas heroicas, e se estabeleceu a pena de morte de forma rigorosa.

Os juristas se consultaram uns aos outros e elevaram aquilo à categoria de delito, apenado com a forca ou o fuzilamento, segundo a gravidade, até a falta mais mínima.

Até mesmo os simples equívocos passaram a ser fatos delituosos. Exemplo: se em uma conversação banal alguém, por puro descuido, dissesse "Faz muito calor" e, posteriormente, fosse possível comprovar, termômetro em mãos, que na verdade o calor não era para tanto, cobrava-se uma pequena taxa, e ele era trespassado ali mesmo pelas armas, correspondendo a cabeça à Companhia e, é justo dizê-lo, o tronco e as extremidades aos enlutados.

A legislação sobre as enfermidades ganhou imediata ressonância e foi muito comentada pelo Corpo Diplomático e pelas chancelarias de potências amigas.

De acordo com essa memorável legislação, aos enfermos graves eram concedidas vinte e quatro horas para pôr em ordem seus papéis e morrer; mas, se nesse tempo tivessem sorte e lograssem contaminar a família, obtinham tantos prazos de um mês quantos fossem os parentes contaminados. As vítimas de enfermidades leves e os simplesmente indispostos mereciam o desprezo da pátria, e, na rua, qualquer um podia cuspir-lhes no rosto. Pela primeira vez na história, foi reconhecida a importância dos médicos (houve vários candidatos ao prêmio Nobel) que não curavam ninguém. Falecer se converteu em exemplo do mais exaltado patriotismo, não só na ordem nacional, como na mais gloriosa, na continental.

Com o impulso que tiveram outras indústrias subsidiárias (a de caixões, em primeiro plano, que florescera com a assistência técnica da Companhia), o país entrou, como se diz, em um período de auge econômico. Esse impulso foi particularmente comprovável em uma nova calçada florida, pela qual passeavam, envoltas na melancolia das douradas tardes de outono, as senhoras dos deputados, cujas lindas cabecinhas diziam que sim, que sim, que tudo estava bem, quando algum jornalista solícito, do outro lado, as saudava sorridente tirando o chapéu.

À margem, recordarei que um desses jornalistas, o qual em certa ocasião emitiu um chuvoso espirro que não pôde justificar, foi acusado de extremista e levado ao paredão de fuzilamento. Só depois de seu abnegado fim, os acadêmicos da língua reconheceram que esse jornalista era uma das maiores cabeças do país; mas, uma vez reduzida, ficou tão bem que nem sequer se notava a diferença.

E Mr. Taylor? Nesse tempo, já havia sido designado conselheiro particular do presidente constitucional. Agora, e como exemplo do que pode o esforço individual, contava os milhões; mas isso não lhe tirava o sono porque havia lido, no último tomo das *Obras completas* de William G. Knight, que ser milionário não desonra se não se despreza os pobres.

Creio que com esta será a segunda vez que diga que nem todos os tempos são bons.

Dada a prosperidade do negócio, chegou um momento em que da vizinhança já só sobravam as autoridades e suas senhoras e os jornalistas e suas senhoras. Sem muito esforço, o cérebro de Mr. Taylor discorreu que o único remédio possível era fomentar a guerra com as tribos vizinhas. Por que não? O progresso.

Com a ajuda de uns canhõezinhos, a primeira tribo foi descabeçada sem embaraços em escassos três meses. Mr. Taylor saboreou a glória de estender seus domínios. Depois veio a segunda; então a terceira, e a quarta, e a quinta. O progresso se estendeu com tanta rapidez que chegou a hora em que, por mais esforços que realizassem os técnicos, não foi possível encontrar tribos vizinhas com as quais guerrear.

Foi o princípio do fim.

As calçadas começaram a languidescer. Só de vez em quando se viam transitar por elas alguma senhora, algum poeta laureado com seu livro sob o braço. O mato, de novo, apoderou-se delas, fazendo difícil e espinhoso o delicado passo das damas. Com as cabeças, escassearam as bicicletas e quase desapareceram por completo as alegres saudações otimistas.

O fabricante de caixões estava mais triste e fúnebre que nunca. E todos sentiam como se acabassem de recordar um grato sonho, um sonho formidável em que você encontra uma bolsa repleta de moedas de ouro e as põe debaixo da almofada e continua a dormir, e, no dia seguinte, muito cedo, ao despertar, busca por elas e encontra o vazio.

No entanto, penosamente, o negócio seguia sustentando-se. Mas já se dormia com dificuldade, pelo temor de amanhecer exportado.

Na pátria de Mr. Taylor, claro, a demanda era cada vez maior. Diariamente apareciam novos inventos, mas, no fundo, ninguém acreditava neles, e todos exigiam as cabecinhas hispano-americanas.

Veio a última crise. Mr. Rolston, desesperado, pedia e pedia mais cabeças. Apesar de as ações da Companhia sofrerem uma brusca queda, Mr. Rolston estava convencido de que seu sobrinho faria algo para o tirar daquela situação.

Os embarques, antes diários, reduziram-se a um por mês, já com qualquer coisa, com cabeças de meninos, de senhoras, de deputados.

De repente, cessaram de vez.

Em uma sexta-feira áspera e cinzenta, de volta da Bolsa, ainda aturdido pela gritaria e pelo lamentável espetáculo de pânico que davam seus amigos, Mr. Rolston decidiu pular pela janela (em vez de usar o revólver, cujo ruído o teria enchido de terror) quando, ao abrir um pacote do correio, deparou-se com a cabecinha de Mr. Taylor, que lhe sorria de longe, do feroz Amazonas, um falso sorriso de menino que parecia dizer: "Perdão, perdão, não farei mais isso".

Um em cada três

*Preferia encontrar quem ouvisse as minhas
a quem me narrasse as suas.*

PLAUTO

Está dentro de meus cálculos que você se surpreenda ao receber esta carta. É provável também que, a princípio, a tome como uma brincadeira macabra, e é quase certo que seu primeiro impulso seja o de destruí-la e lançá-la longe de si. E, no entanto, dificilmente cairia em um erro mais grave. Em sua defesa, não seria o primeiro a cometê-lo, nem o último, sem dúvida, a arrepender-se.

Direi com toda franqueza: você me dá dó. Mas esse sentimento não só resulta natural, como está de acordo com seus desejos. Você pertence ao taciturno grupo de seres humanos que encontram na comiseração alheia um lenitivo para sua dor. Rogo-lhe que se console: seu caso nada tem de estranho. Um, em cada três, não busca outra coisa das mais dissimuladas formas. Quem se queixa de uma enfermidade tão cruel quanto imaginária, que se anuncia constrangida pelo pesado fardo dos deveres domésticos, aquele que publica versos queixosos (não importa se bons ou ruins), todos estão implorando, no interesse dos demais, um pouco da compaixão que não se atrevem a conferir a si mesmos. Você é mais honrado: desdenha versificar sua amargura, encobre com elegante decoro o esbanjamento de energia que lhe exige o pão cotidiano, não se finge de enfermo. Simplesmente conta sua história e, como que fazendo um gracioso favor a seus amigos, lhes pede conselhos com o obscuro ânimo de não os seguir.

Você ficará intrigado sobre como me inteirei de seu problema. Nada mais simples: é meu ofício. Em breve, revelarei que ofício é esse.

Continuo. Há três dias, sob um sol matinal pouco comum, você tomou um ônibus na esquina de Reforma e Sevilla. Com frequência, as pessoas que enfrentam esses veículos o fazem com expressão desconcertada e se surpreendem quando encontram neles um rosto familiar. Que diferença em você! Bastou-me ver o fulgor com que brilharam seus olhos ao descobrir uma cara conhecida entre os suados passageiros para ter certeza de ter topado com um de meus benfeitores.

Obedecendo a um hábito profissional, agucei furtivamente os ouvidos. E, de fato, nem bem você havia prestado, às pressas, os cumprimentos de praxe, produziu-se o inevitável relato de suas desgraças. Já não me coube dúvida. Expôs os fatos de uma tal forma que era fácil ver que seu amigo havia recebido as mesmas confidências não mais do que vinte e quatro horas antes. Segui-lo durante todo o dia até descobrir seu domicílio foi, como de costume, a parte de minhas rotinas que, gostaria de saber a razão, cumpro com mais prazer.

Ignoro se isto o deixará irritado ou alegre; mas me vejo na urgência de repetir-lhe que seu caso não é singular. Vou lhe expor em duas palavras o processo de sua atual situação. E sim, embora duvide, me equivoque, tal erro não será outra coisa senão a confirmação da regra infalível.

Padece você de uma das doenças mais normais no gênero humano: a necessidade de comunicar-se com seus semelhantes. Desde que começou a falar, o homem não encontrou nada mais aprazível que uma amizade capaz de escutá-lo com interesse, seja para a dor, seja para a fortuna. Nem mesmo o amor se equipara a esse sentimento. Há quem se conforme com um amigo. Existem aqueles aos quais mil não bastam. Você corresponde aos últimos, e é nessa simples correspondência que se originam sua desgraça e meu ofício.

Atrever-me-ia a jurar que você iniciou referindo seu conflito amoroso a um amigo íntimo, e que este o escutou atento até o fim e lhe ofereceu as soluções que acreditou oportunas. Mas você, e daqui arranca o interminável encadeamento, não considerou acertadas essas fórmulas. Se ele lhe propôs com firmeza cortar, como se diz, pela raiz, você encontrou mais de um motivo para não dar por perdida a batalha; se, pelo contrário, seu conselho foi seguir o assédio até a conquista da praça, você se encheu de pessimismo e viu tudo escuro e perdido. Daí a buscar o remédio em outra pessoa é apenas mais um passo. Quantos você deu?

Empreendeu uma esperançosa peregrinação até esgotar sua concorrida caderneta de endereços. Tratou (com êxito crescente), inclusive, de iniciar novas relações para apurar o tema. Não é estranho que, de repente, reparasse que o dia tem não mais que vinte e quatro horas, e que essa desconsideração astronômica constituía um monstruoso fator contrário a você. Foi preciso multiplicar os meios de locomoção e planejar o horário com precisão sutil. O uso metódico do telefone veio em seu auxílio e alargou, é certo, suas possibilidades; mas esse antiquado sistema ainda é um luxo, e setenta por cento daqueles que você quer manter inteirados carecem dessa duvidosa vantagem.

Não contente com os desvelos e a insônia, você começou a madrugar para ganhar um tempo cada vez mais fugidio e irreparável. O descuido de seu asseio pessoal se fez notório: a barba lhe cresceu selvagem; suas calças, antes impecáveis, foram invadidas por joelheiras, e um teimoso pó cinzento cobriu de tristeza seus sapatos. Pareceu-lhe injusto, mas teve de aceitar o fato de que, embora você madrugasse cheio de entusiasmo, escasseavam os amigos dispostos a compartilhar essa veemência matinal. Assim, é preciso dizê-lo?, chegou o momento ineludível em que você é fisicamente incapaz de manter bem-informado o amplo círculo de suas relações sociais.

Esse momento é também o meu momento. Por uma modesta soma mensal, eu lhe ofereço a solução mais apropriada. Se você a aceita — e posso assegurar que o fará porque não lhe resta outro remédio —, relegará ao esquecimento o incessante deambular, as joelheiras, o pó, a barba, os fatigantes telefonemas.

Em poucas palavras: estou em condições de pôr à sua disposição um excelente radiodifusor especializado. Disponho no momento (pelo lamentável falecimento de um antigo cliente afetado pela reforma agrária) de um quarto de hora que, se levarmos em conta o avançado de suas confidências, será mais que suficiente para nutrir suas amizades já não digamos por dia, mas por minuto de seu apaixonante caso.

Creio ser exagero enumerar a você as vantagens de meu método. No entanto, mencionarei algumas.

1. O efeito sedativo sobre o sistema nervoso está garantido desde o primeiro dia.

2. Discrição assegurada. Ainda que sua voz possa ser recebida por qualquer sujeito possuidor de um equipamento de rádio, julgo improvável que pessoas alheias a sua amizade queiram se inteirar de uma confidência cujos antecedentes desconhecem. Assim, fica descartada toda possibilidade de curiosidade malsã.

3. Muitos de seus amigos (que hoje ouvem com desengano a versão direta) se interessarão vivamente pela audição radiofônica assim que você mencione nela seus nomes de forma aberta ou alusiva.

4. Todos os seus conhecidos estarão informados simultaneamente dos mesmos fatos. Circunstância que evita ciúmes e reclamações posteriores, pois somente um descuido ou um azarado defeito no aparelho próprio deixariam alguém em desvantagem em relação aos demais. Para eliminar essa contingência deprimente, cada programa se inicia com uma breve sinopse do narrado anteriormente.

5. O relato adquire maior interesse e variedade e pode amenizar-se quando assim for oportuno, com ilustrativas seleções de árias de ópera (não insistirei sobre a riqueza sentimental das italianas) e trechos dos grandes maestros. Um fundo musical adequado é, em regra, obrigatório. Ademais, uma ampla discoteca, na qual são compilados até os mais incríveis ruídos que o homem e a natureza produzem, estará a serviço do assinante.

6. O relator não vê a cara dos ouvintes, o que evita toda sorte de inibições, tanto para ele quanto para os que o ouvem.

7. Ocorrendo a audição uma vez ao dia e por um quarto de hora, o confidente dispõe de vinte e três horas e três quartos de hora adicionais para preparar seus textos, impedindo assim, em absoluto, contradições incômodas e esquecimentos involuntários.

8. Se o relato obtém êxito e ao número de amigos e conhecidos se soma quantidade considerável de ouvintes espontâneos, não é difícil encontrar casa patrocinadora, o que une às vantagens já registradas certo factível ganho monetário, o qual, por ir crescendo, abriria a possibilidade de absorver as vinte e quatro horas do dia e converter, assim, uma simples audição de quinze minutos em um programa ininterrupto de duração perpétua. Minha honestidade me obriga a confessar que até agora não se produziu esse caso, mas por que não o esperar de seu talento?

Esta é uma mensagem de esperança. Tenha fé. Por enquanto, pense com força nisto: o mundo está povoado de seres como você. Sintonize seu aparelho receptor exatamente nos 1.373 kHz, na faixa de 720 metros. A qualquer hora do dia ou da noite, no inverno ou no verão, com chuva ou com sol, poderá ouvir as vozes mais diversas e inesperadas, mas também mais cheias de melancólica serenidade: a de um capitão que narra, há mais de catorze anos, como seu barco afundou sob a nefasta tormenta sem que ele se decidisse a compartilhar sua sorte; a de uma mulher minuciosa que perdeu seu único filho na povoada noite de um 15 de setembro; a de um delator atormentado pelo remorso; a de um ex-ditador centro-americano; a de um ventríloquo. Todos contando interminavelmente suas histórias, todos pedindo compaixão.

Sinfonia Acabada

— Eu poderia contar — intercedeu o gordo atropeladamente — que faz três anos na Guatemala um velhinho organista de uma igreja de bairro me relatou que em 1929 quando o encarregaram de classificar os papéis de música de La Merced deparou-se de repente com umas folhas estranhas e intrigado se pôs a estudar com o carinho de sempre e como os comentários escritos estavam em alemão lhe custou bastante dar-se conta de que se tratava dos dois movimentos finais da "Sinfonia Inacabada" de forma que eu já podia imaginar sua emoção ao ver bem claramente a assinatura de Schubert e quando muito agitado saiu correndo à rua para comunicar aos demais sua descoberta todos disseram aos risos que havia ficado louco e que queria fazê-los de bobo mas como ele dominava sua arte e tinha certeza de que os dois movimentos eram tão primorosos quanto os primeiros não esmoreceu e até jurou consagrar o resto de sua vida a obrigá-los a admitir a validade do achado e daí em diante se dedicou a ver metodicamente quantos músicos existiam na Guatemala com tal mal resultado que depois de brigar com a maioria deles sem dizer nada a ninguém e muito menos a sua mulher vendeu sua casa para mudar-se para a Europa e uma vez em Viena foi ainda pior porque não seria um *Leiermann*[3] guatemalteco quem os ensinaria a localizar obras perdidas muito menos de Schubert cujos especialistas enchiam a cidade e o que teriam ido fazer esses papéis tão longe até que já quase desesperado e só com o dinheiro da passagem de volta conheceu uma família de velhinhos judeus que haviam vivido em Buenos Aires e falavam espanhol que o atenderam muito bem e se puseram nervosíssimos quando tocaram com o dom que Deus lhes deu em seu piano e em sua viola e em seu violino os dois movimentos e que finalmente cansados de examinar os papéis por todos os lados e de cheirá-los e de olhá-los contra a luz por uma janela viram-se obrigados a admitir primeiro em voz baixa e depois aos gritos são de Schubert! são de Schubert! e se puseram a chorar com desconsolo um sobre o ombro do outro como se no lugar de haver recuperado os papéis tivessem acabado de perdê-los e ele assombrado que continuassem a chorar embora já mais calmos e depois de falar à parte entre si em seu idioma trataram de convencê-lo esfregando as mãos de que os movimentos apesar de serem tão bons não acrescentavam nada ao mérito da sinfonia tal como esta se encontrava e ao contrário era possível dizer que tiravam pois as pessoas haviam se acostumado à lenda de que Schubert os rasgara ou nem sequer os intentara certo de que jamais lograria superar ou igualar a qualidade dos dois primeiros e que a graça consistia em pensar que se assim são o *allegro* e o *andante* como serão o *scherzo* e o *allegro ma non tropo* e de que se ele respeitava e amava verdadeiramente a memória de Schubert o mais inteligente era lhes permitir guardar aquela música porque ademais qual seria

---

3 Tocador de realejo; também título de uma canção de Schubert, do ciclo "Winterreise" (1827). [N.E.]

o sentido de iniciar uma polêmica interminável o único que sairia perdendo seria Schubert e ele então convencido de que nunca conseguiria nada entre os filisteus menos ainda com os admiradores de Schubert que eram piores embarcou de volta para a Guatemala e durante a travessia numa noite enquanto a luz da lua batia em cheio sobre o espumoso lado do barco com a mais profunda melancolia e farto de lutar com os maus e com os bons pegou os manuscritos e os rasgou um a um e atirou os pedaços pela borda até estar bem certo de que nunca ninguém os encontraria de novo e ao mesmo tempo — finalizou o gordo com certo tom de afetada tristeza — que grossas lágrimas queimavam suas bochechas e enquanto pensava com amargura que nem ele nem sua pátria poderiam reclamar a glória de haver devolvido ao mundo umas páginas que o mundo teria recebido com tanta alegria mas que o mundo com tanto senso comum rechaçava.

Primeira-Dama

Meu marido diz que são bobagens minhas — pensava —; mas o que quer é que eu só esteja em casa, me matando como antes. E isso sim já não posso mais. Os outros têm medo dele, mas eu não. Se não o tivesse ajudado quando ainda estávamos bem encrencados. E por que não vou poder recitar, se me agrada? O fato de agora ele ser Presidente, em vez de ser um obstáculo, deveria fazê-lo pensar que assim o ajudo mais. Os homens, presidentes ou não, são cheios dessas coisas. Ademais, eu não vou andar recitando em qualquer parte como uma louca senão em atos oficiais ou em evento beneficente. Sim, não há nada de errado.

Não tinha nada de errado. Terminou o banho. Entrou em seu quarto. Enquanto se penteava, viu no espelho, atrás dela, as estantes cheias de livros em desordem. Novelas. Livros de poesia. Pensou em alguns e no tanto que lhe agradavam. Antologias das mil melhores poesias universais, titãs e recitadores sem mestre nas quais havia assinalado com papeizinhos os poemas mais belos. "Rir chorando", "A cabeça do rabi". "Trópico!". "A uma mãe". Meu Deus, de onde tiravam tanto tema. Logo já não caberiam livros na casa. Mas, ainda que não se lessem todos, eram a melhor herança.

Sobre a penteadeira, tinha vários exemplares do programa dessa noite. Sim, se animara a dar um recital sozinha. Até agora não havia organizado nenhum, por modéstia. Sabia, no entanto, que de qualquer maneira ela era a figura principal.

Dessa vez, tratava-se de um evento preparado meio que às pressas para o Café da Manhã Escolar. Alguém havia notado que as crianças das escolas andavam meio desnutridas, e que algumas desmaiavam lá pelas onze, talvez quando o professor estava na melhor parte. No início, atribuíram às indigestões, mais tarde, a uma epidemia de lombrigas (salubridade), e só ao final, durante uma de suas frequentes noites de insônia, o Diretor-Geral de Educação, vagamente, suspeitou que poderiam ser casos de fome.

Quando o Diretor-Geral convocou um bom número de pais de família, a maioria se indignou de viva voz ante a suposição de que fossem tão pobres e, por orgulho diante dos demais, nenhum estava disposto a aceitar. Mas, enquanto se dissolvia a reunião, vários deles, individualmente, acercaram-se do Diretor e reconheceram que, em dadas ocasiões — não sempre, é claro — mandavam seus filhos à escola sem nada no estômago. O Diretor se assustou ao confirmar sua suspeita e decidiu que era necessário fazer algo imediatamente. Por sorte, lembrou que o Presidente havia sido seu companheiro de colégio e se dispôs a ir vê-lo o quanto antes. Não se arrependeu. O Presidente o recebeu com grande simpatia, provavelmente com muito mais cordialidade do que teria dispensado em uma posição menos elevada. De maneira que, quando o outro começou: "Senhor Presidente...", riu e lhe disse: "Deixe de baboseiras de Senhor Presidente e diga sem rodeios a que veio", e sempre rindo o obrigou a sentar-se, mediante uma ligeira pressão no ombro. Estava de bom humor. Mas o Diretor sabia que, por mais palmadinhas que lhe desse, já não era o mesmo dos tempos em que iam juntos à escola, ou simplesmente que fazia apenas dois anos, quando ainda tomavam um trago com outros amigos em O Danúbio. De todo modo, via-se que começava a sentir-se cômodo no cargo. Como ele mesmo dissera levantando o indicador em um recente jantar na casa de seus pais, na sobremesa, ante a expectativa geral primeiramente, e a calorosa aprovação depois, de seus parentes e companheiros de armas: "No começo, você se sente estranho; mas a tudo se acostuma".

— Pois sim, o que o traz aqui? — insistiu. — Aposto que já tem relações no ministério.

— Bem, se quer saber a verdade, sim.

— Verdade? — disse triunfante o Presidente, aprovando a própria sagacidade.

— Mas, se me permite, não venho para isso; outro dia lhe conto. Olha, para não tomar seu tempo, vou dizer de uma vez. Repare que tem havido vários casos de crianças que desmaiam de fome nas escolas, e eu queria ver o que podemos fazer. Prefiro dizer de uma vez porque é néscio andar daqui para lá. Além disso, melhor que seja eu a lhe contar, pois não faltará quem venha a dizer que não faço nada. Minha ideia é que me autorize a tratar de conseguir algum dinheiro e fundar uma espécie de Gota de Leite semioficial.

— Não estará se tornando comunista, você? — o interrompeu, soltando uma gargalhada. Aqui, sim, deixava ver seu excelente humor no dia. Os dois riram muito. O Diretor o advertiu, de brincadeira, que tivesse cuidado porque estava lendo um livrinho sobre marxismo, ao que ele respondeu, sem deixar de rir, que não fosse ver o Diretor da Polícia, porque podia fodê-lo. Depois de trocar ainda outras frases engenhosas ao redor do mesmo tema, ele lhe disse que parecia certo, que fosse vendo de quem tiraria dinheiro, que estava de acordo e que talvez a UNICEF pudesse dar um pouco mais de leite. — Os gringos têm leite pra caralho — afirmou por fim, pondo-se de pé e dando por encerrada a conversa.

— Ah, olha — acrescentou quando o Diretor já se encontrava à porta. — Se quiser, fale com a minha senhora para que o ajude; a ela agradam essas coisas.

O Diretor lhe disse que estava bem e que iria falar em seguida.

No entanto, isso, na verdade, o deprimiu, pois não gostava de trabalhar com mulheres. Pior que com funcionários. A maioria é estranha, vaidosa, difícil, e é preciso andar todo o tempo com cortesias, tendo a preocupação de que estejam sempre sentadas e pondo-se nervoso quando, por qualquer circunstância, tem de dizer-lhes que não. Aliás, não a conhecia muito bem. Mas o melhor era interpretar a sugestão do Presidente como uma ordem.

Quando lhe falou, ela aceitou sem vacilar. Como podia duvidar? Não só iria ajudá-lo fazendo propaganda entre suas amigas, como trabalharia pessoalmente com entusiasmo, tomando parte, por exemplo, nos eventos que organizassem.

— Posso recitar — disse-lhe —, bem sabe que sempre fui diletante. Que bom, pensou enquanto o dizia, ter essa oportunidade. Mas ao mesmo tempo arrependeu-se de seu pensamento com medo de que Deus a castigasse quando refletiu que não era bom que as crianças desmaiassem de fome. Pobrezinhas, pensou rápido para aplacar o céu e eludir o castigo. E disse em voz alta:

— Pobres criaturas. Quantas vezes desmaiam?

O Diretor lhe explicou pacientemente que não desmaiavam as mesmas de forma periódica, que uma vez era uma e outra vez, outra, e que o melhor era ver como dariam café da manhã ao maior número possível. Teriam de fundar uma organização para reunir fundos.

— Claro — disse ela. — E como chamaremos?

— O que acha "Café da Manhã Escolar"? — sugeriu o Diretor.

Passou sua mão sobre o programa, um pedaço quadrangular de papel acetinado elegantemente impresso:

1. Palavras preliminares, pelo Sr. D. Hugo Miranda, Diretor-Geral de Educação do Ministério de Educação Pública.

2. "Barcarola dos contos de Hoffmann", de Offenbach, por um grupo de alunos da Escola 4 de Julho.

3. Três valsas de F. Chopin, por René Elgueta, aluno do Conservatório Nacional.

4. "Los motivos del lobo", de Rubén Darío, pela Exma. Sra. dona Eulalia Fernández de Rivera González, Primeira-Dama da República.

5. "Cielos de mi patria", pelo compositor nacional D. Federico Díaz, seu autor ao piano.

6. Hino nacional.

Ela acreditava que estava bom. Embora talvez fosse demasiada música e pouca recitação.

— Você gosta do que vou recitar? — perguntou ao marido.

— Contanto que não esqueça no meio do caminho e não faça ridículo — respondeu mal-humorado, mas incapaz de opor-se seriamente. — Realmente não sei para que se meteu nessa baboseira. Parece que não conhece os meninos, como são de fuxicos. Já já vão começar a fazer chistes a seu respeito. Mas, quando mete uma coisa na cabeça, ninguém tira.

Nos tempos em que a namorava, ele gostava que declamasse e até lhe pedia que o fizesse para agradá-la. Mas agora era outra coisa, e suas aparições em público o irritavam.

Seperápá quepe épé opo quepe dipigopo? — pensou ela —, não podem ver nenhuma iniciativa da esposa e logo começam a pôr poréns e a querer criar constrangimento.

— Que vou me esquecer — disse em voz alta, levantando-se para buscar um lenço —, sei desde menina. O que me incomoda é que estou um pouco constipada. Mas creio que sejam os nervos. Sempre que preciso fazer algo importante em uma data fixa, fico com receio de adoecer e começo a pensar: já vou me constipar, já vou me constipar, até que acontece de verdade. Pois então. Devem ser os nervos. A prova é que depois passa.

Enfrentando-se bruscamente com o espelho, pôs-se a levantar os braços e a provar a voz:

— O varãaaaaaao que tem coraçãaaaaao de lisss
aaaaaalma de queeeeeerubim, línguaaaa celestillllll
o míiiiiinimo e doce Francisco de Asíiiiiis
estácom
  um rudee
    torvoa
      nimal.

Pronunciava *lis*. Era bom alargar as sílabas acentuadas. Mas nem sempre sabia quais eram, a menos que tivessem o acento ortográfico. Por exemplo: "varão", ãããããão; "mínimo", miiiiii; "coração", ãããããão. Mas em "alma de querubim, língua celestial" não havia modo de sabê-lo. No fim, o importante era sentir, porque quando não se sente de nada serve seguir todas as regras.

— O varão
o varão que tem
o varão que tem coração
o varão que tem coração de lisss.

Quando chegou à escola, era ainda cedo demais. No entanto, sentiu-se desalentada porque havia poucas pessoas ocupando os assentos. Mas pensou que, entre nós, as pessoas sempre chegam tarde e se questionou quando iríamos perder esse costume. No pequeno cenário, atrás da cortina improvisada, as alunas da Escola 4 de Julho ensaiavam em voz baixa a "Barcarola". O professor de canto, muito sério, lhes dava o "lá" com um pequeno apito de metal prateado que emitia essa única nota. Ao observar que ela estava ali, vendo-o sorridente, lhe dirigiu uma breve saudação com a cabeça e deixou de mover os braços; mas, por vergonha, ou para não parecer demasiado servil, ou porque não o era como um todo, não interrompeu seu ensaio. Ela agradeceu, pois nesse tempinho repassava mentalmente o poema, e se a interrompiam, tinha de retomar outra vez desde o princípio. Como se a estivesse usando de verdade, limpava a garganta a cada cinco ou seis versos, apesar de saber que com isso só lograva irritá-la cada vez mais, igual àquele professor cujos alunos, para incomodá-lo, disseram que tinha o olho vermelho, e ele se pôs a esfregá-lo e a esfregá-lo, até que o deixou tão vermelho que eles não podiam conter o riso; ou como os macacos que, quando um pouco de excremento é posto na palma de suas mãos, não param de cheirá-lo até que morrem. Como era isso das obsessões. O que mais cólera lhe dava é que estava segura de que tudo passaria quando terminasse seu número. Pois então. Mas era incômodo, enquanto isso, pensar que iria esganiçar no meio do recital.

A verdade é que seria uma estupidez ter medo do público. No suposto caso de que suas intervenções não agradassem, não se deveria a ela senão a que as pessoas em geral são muito ignorantes e não sabem apreciar a poesia. Todavia, faltava-lhes muito. Mas precisamente por isso aproveitaria quantas ocasiões se apresentassem para ir dando a conhecer os bons versos e revelando-se como declamadora.

— Mas senhora — censurou-a, preocupado, o Diretor-Geral quando chegou suado —, eu iria passar direto pela senhora. Não foi boa ideia ter vindo sozinha.

Ela o olhou compreensiva e o tranquilizou de forma cortês. Desde que se convertera em Primeira-Dama, alegrava-se quando tinha a oportunidade de demonstrar que era uma pessoa modesta, possivelmente muito mais modesta que qualquer outra no mundo, e até havia estudado no espelho um sorriso e um olhar encantadores que significavam mais ou menos: Veja só! Imagine que, por ser a esposa do Presidente, me tornei uma presunçosa? Mas o Diretor quis entender, por sua vez, que ela o tratava com ironia e, deprimido, se pôs a falar sem tom nem som disto e daquilo. Nem bem os demais artistas foram chegando e rodeando-a, aproveitou a ocasião para retirar-se. Depois, via-se ele ocupado, dando ordens e dispondo tudo, de acordo com o princípio de que se alguém mesmo não faz as coisas não há quem as faça.

Só se aproximou de novo para dizer-lhe:

— Prepare-se, senhora. Vamos começar.

Como contava já com alguma prática, o Diretor explicou sem pressa que estávamos ali movidos por um alto espírito de solidariedade humana. Que havia muitas crianças malnutridas, coisa que o governo era o primeiro a lamentar pois, como lhe havia dito pessoalmente o Presidente quando o chamara para fazê-lo notar, algo havia de ser feito por essas crianças no interesse dos altos destinos da pátria, mova você as consciências, remova céu e terra, comova os corações em favor dessa nobre cruzada. Que já eram várias as pessoas de todas as camadas sociais que haviam oferecido sua desinteressada ajuda e que os nossos amigos norte-americanos, essa nobre e generosa nação que com justiça podíamos chamar de despensa do mundo, haviam prometido fazer um novo sacrifício de latas de leite em pó. Que a nossa tarefa era modesta em seu início, mas que estávamos dispostos a não omitir esforço algum para convertê-la não só em um feito real e concreto do presente, como também em um exemplo estimulante para as gerações futuras. Que tinham o grande orgulho de contar ainda com a ajuda da Primeira-Dama da República, cuja arte excepcional teríamos a honra de apreciar dentro de breves instantes e cujas entranhas generosamente maternais haviam se comovido até às lágrimas ao saber da desgraça dessas crianças que, fosse por alcoolismo dos pais, por descuido das mães ou por ambas as coisas, não podiam desfrutar em seus modestos lares da sagrada instituição do desjejum, com perigo para sua saúde e em detrimento do aproveitamento da instrução que o ministério que honrávamos em representar essa noite estava empenhado em lhes dar convencido de que o livro e só o livro resolveria os seculares problemas a que enfrentava a pátria. E que tinha dito.

Depois dos aplausos, as meninas da Escola 4 de Julho cantaram com sua acostumada doçura o lá, lalá, lalalalalá, lalalalalá, lalá da "Barcarola", enquanto o pianista se enervava ansioso de atacar suas valsas que, como tantas outras coisas nesse dia em diversas regiões do globo, também começaram e terminaram com toda felicidade e glória.

Ela inclinou a cabeça, agradecendo mentalmente. Cruzou as mãos e as contemplou por um momento, esperando que se produzisse a atmosfera necessária. De repente, sentiu que, de sua boca, através de suas palavras, ia assomando ao mundo São Francisco de Assis, mínimo e doce, até tomar a forma do ser mais humilde da Terra. Mas, em seguida, essa ilusão de humildade ficava para trás porque outras palavras, encadeadas, ninguém sabia como, com as primeiras, mudavam seu aspecto até convertê-lo em um homem iracundo. E ela sentia que tinha de ser assim e não de outra maneira porque se encontrava chamando a atenção de um lobo, cujos caninos haviam percebido, com horror, pastores, rebanhos e quanto ser vivente se punha diante de si. Pois então. Sua voz em seguida tremeu e escapou-lhe uma lágrima no preciso instante em que o santo dizia ao lobo que não fosse mau, por que não deixava de andar por aí semeando o terror entre os camponeses e se por acaso não vinha ele do inferno. Ainda que imediatamente depois quase se visse brotar de seus lábios uma grande tranquilidade quando o animal, não sem haver refletido um tempo, acompanhava o santo à aldeia, onde todos se admiravam de vê-lo tão mansinho que até uma criança poderia lhe dar de comer na mão. As palavras lhe saíam então doces e ternas, e pensava que o lobo poderia dar de comer também à criança, para que não desmaiasse de fome na escola. Mas voltava a angustiar-se porque, em um descuido de São Francisco, o lobo ia novamente ao monte para acabar com as pessoas do campo e com seus gados. Sua voz adquiria aqui um tom de condenação implacável, e ele a elevava e a baixava conforme o necessário, sem que ela nada se lembrasse da constipação ou dos malditos nervos dos dias anteriores, como sabia de antemão que sucederia. Pelo contrário, envolvia-a uma grata sensação de segurança de segurança de segurança, pois era fácil notar que o público a escutava fortemente impressionado ante as barbaridades da fera; apesar de ela já saber, nesse momento, que mudariam os papéis e o lobo se converteria de acusado em acusador quando São Francisco fosse buscá-lo de novo com sua costumeira intimidade para pô-lo outra vez na linha. Por mais que alguém não quisesse, havia de pôr-se no lugar do lobo, cujas palavras eram facilmente interpretáveis: Sim, não é?, muito bonito; eu estava aí todo manso comendo o que desejavam jogar-me e lambendo as mãos de todos como um cordeiro, enquanto os homens em suas casas se entregavam à inveja, e à luxúria, e à ira, e faziam a guerra uns aos outros, e perdiam os fracos, e ganhavam os maus. Dizia as palavras "fracos" e "maus" com tons tão diferentes que a ninguém podia caber a menor dúvida de que ela estava ao lado dos primeiros. E se sentia segura de que a coisa ia bem e de que sua recitação era um êxito porque verdadeiramente se indignava ante tantas canalhadas que deixavam pequeninas as do lobo, que, no fim das contas, não era um ser racional. Sem dar-se conta de como, aproximou-se o instante em que sabia que já, agora, as palavras deviam brotar de sua garganta nem muito fortes, nem muito ternas, nem furiosas, nem mansas, senão impregnadas de desesperança e amargura, pois outra coisa não deve ter sentido o santo quando deu razão à fera e se dirigiu finalmente ao pai nosso que estaaaaaaaaais no céééééééu.

Permaneceu uns segundos com os braços no alto. O suor lhe corria em fiozinhos entre os peitos e nas costas. Ouviu que aplaudiam. Baixou as mãos. Arrumou com dissimulação a saia e saudou modestamente. O público, depois de tudo, não era tão bruto. Mas bom esforço lhe custava fazê-lo chegar à poesia. Era o que ela pensava: pouco a pouco. Enquanto apertava as mãos dos que a felicitavam, sentiu-se embargada por um doce e suave sentimento de superioridade. E quando uma humilde senhora que se aproximou para saudá-la lhe disse "que bonito", esteve a ponto de abraçá-la, mas se conteve e se conformou com perguntar-lhe: "Gostou?", pois a verdade é que já não estava pensando nisso, mas sim no quão bom seria organizar prontamente outro ato, em um local maior, quiçá em um teatro de verdade, no qual ela só se encarregasse da totalidade do programa, porque o mau dessas festinhas era que os músicos aborreciam as pessoas, ainda que no outro dia também os elogiassem no jornal, o que não era justo. Pois não.

Já na porta de sua casa, convidou o Diretor-Geral e dois ou três amigos para beber um whisky "para celebrar". Desejava prolongar mais um tempo a conversa sobre seu triunfo. Quem dera seu marido estivesse para ouvir o que lhe diziam e para se convencer de que não eram coisas dela. Quão bem havia resultado tudo, não é verdade? E quanto conseguiriam?

O Diretor-Geral a informou, de maneira muito elaborada, de que tinham renda de $7,50.

— Tão pouquinho? — disse ela.

Ele pensou com amargura, mas disse com otimismo que, por ser o primeiro, não estava tão mal. Que lhes havia faltado propaganda.

— Não — rebateu ela. — Creio que se deva ao local, que é muito pequeno.

— Sim, claro — disse ele. — Nisso tem razão.

— Como faremos? – disse ela. — Temos de fazer algo para ajudar essas pobres crianças.

— Bem — disse ele —, o importante é que já começamos.

— Sim — disse ela —, mas a coisa é seguir adiante. Temos de preparar algo maior.

— Creio que se contarmos com sua ajuda... — pontuou ele.

— Sim sim podemos conseguir um teatro vou recitar já vai ver mas que seja teatro grande porque senão já viu o que acontece nos esforçamos preparando as coisas e no fim não sobra quase nada, de todo modo vou falar com meu marido, ele está sempre me empurrando para recitar, é meu melhor estímulo entende? as pessoas têm vontade de ouvir poesia se visse a emoção que senti quando uma senhora que nem me conhece me disse que havia apreciado muito creio que um recital de poesia seria um êxito o que me diz? — sugeriu ela.

— Claro — disse ele —, as pessoas gostam muito.

— Veja que estou preocupada — disse ela — com o pouco que tiramos hoje. O que lhe parece se eu lhe der cem pesos para não sair tão mal? Tenho muita vontade de ajudar. Creio que, pouco a pouco, vamos conseguindo.

Ele disse que claro; que, pouco a pouco, iriam conseguindo.

O eclipse

Quando frei Bartolomé Arrazola se sentiu perdido, aceitou que nada poderia salvá-lo. A selva poderosa da Guatemala o havia aprisionado, implacável e definitiva. Diante de sua ignorância topográfica, sentou-se com tranquilidade para esperar a morte. Quis morrer ali, sem nenhuma esperança, isolado, com o pensamento fixo na distante Espanha, particularmente no convento dos Abrojos, onde Carlos V condescendera uma vez a baixar de sua eminência para dizer-lhe que confiava no zelo religioso de seu labor redentor.

Ao despertar, encontrou-se rodeado por um grupo de indígenas de rosto impassível, que se dispunha a sacrificá-lo ante um altar, um altar que a Bartolomé pareceu como o leito em que descansaria, por fim, de seus temores, de seu destino, de si mesmo.

Três anos no país lhe haviam conferido um domínio mediano das línguas nativas. Tentou algo. Disse algumas palavras que foram compreendidas.

Então floresceu nele uma ideia que teve como digna de seu talento, de sua cultura universal e de seu árduo conhecimento de Aristóteles. Recordou que para esse dia era esperado um eclipse total do sol. E planejou, em seu íntimo, valer-se daquele conhecimento para enganar seus opressores e salvar a vida.

— Se me matarem — disse-lhes —, posso fazer com que o sol escureça em seu zênite.

Os indígenas olharam-no fixamente, e Bartolomé surpreendeu incredulidade em seus olhos. Viu que se produziu um pequeno conselho e esperou confiante, não sem certo desdém.

Duas horas depois, o coração do frei Bartolomé Arrazola jorrava seu sangue veemente sobre a pedra dos sacrifícios (brilhante sob a opaca luz de um sol eclipsado), enquanto um dos indígenas recitava, sem inflexão alguma de voz, sem pressa, uma a uma, as infinitas datas em que se produziriam eclipses solares e lunares, que os astrônomos da comunidade maia haviam previsto e anotado em seus códigos sem a valiosa ajuda de Aristóteles.

Diógenes também

*Sooner murder an infant in its cradle
than nurse unacted desires.*

WILLIAM BLAKE

Quanto ao tempo, quanto à distância, no que diz respeito ao fato material de transportar-se de um lugar a outro no espaço, era certamente muito fácil para P. (como o chamava o diretor da escola quando, fortes nós dos dedos, bigode trêmulo, o repreendia) chegar até sua casa. E, no entanto, tão difícil! E não; não é que fosse fraco ou enfermo. À parte uma imperceptível e pouco incômoda deformação craniana, era um menino como todos os demais.

Era o ambiente de sua casa que o desagradava; o aspecto não direi sombrio mas tampouco agradável dos dois cômodos; sua escuridão e o pó fino que invadia tudo, até seu nariz, tornando consciente sua respiração; e algum mau cheiro indefinível, constante, que flutuava por todos os cantos; tudo isso acompanhado da monótona insistência de sua mãe: "Deve estudar suas lições, deve estudar, deve" eram motivos suficientes para tornar difícil e odiosa a simples tarefa do regresso.

Notava, entretanto, o alvoroço, o contentamento de seus companheiros — oito, nove, onze anos — quando chegava o momento em que, com o sol ainda bem alto, abandonavam o velho casarão de salas estreitas e cheio de professores — agora tão distantes, tão irreais — cujos nomes esquecia, ou esqueceu, tão facilmente quanto a precisa localização de mares de cores e rios impossíveis.

Minha casa — creio que já disse — ficava a umas poucas quadras, talvez quatro e uns passos mais, da escola. Talvez cinco. Não posso dizer com certeza, pois é inútil tentar lembrar alguma vez que tenha feito o trajeto diretamente. Tinha eu então o hábito, eu costumava, eu necessitava, como se depreende dos primeiros parágrafos deste relato, de fazer um grande desvio antes de chegar.

Ao sair da aula ia, em geral, aos mercados, onde me extasiava vendo as frutas amarelas e vermelhas e ouvindo — e aprendendo — as bárbaras expressões das quitandeiras; ou aos barrancos, em que se escutavam estranhos e misteriosos ruídos justo quando o sol se põe; ou, às vezes, às igrejas, nas quais havia santos (alguns mutilados. Nunca soube se foram assim em vida ou se seu aleijamento se devia a efeitos do tempo no material com que foram construídos.) e santas que me inspiravam um terror natural, o qual ainda sinto.

Tinha como medida de tempo esperar que o sol se ocultasse por completo antes de me aproximar de minha casa. A porta estava sempre aberta; minha mãe a abria desde cedo — talvez não a fechasse nunca — para que eu não interrompesse com meu chamado seu trabalho de crochê. Não formava parte de meus conhecimentos nessa época o fato de que a hora do pôr do sol vai variando dia a dia. Por essa razão, em junho, quando os dias se alargam, e parece que não vão terminar nunca, eu chegava tão tarde que minha mãe, algumas vezes, preocupada com o que pudesse me acontecer, me esperava à porta. Então me surrava com um pouco de fúria e me cravava as unhas nos braços enquanto me repreendia. Mas, apesar dos golpes e das reprimendas, eu nunca entendi que o sol pudesse atrasar-se e continuava chegando tarde, às vezes com os pés cheios de barro e empapado pelos insultantes aguaceiros do verão, que em meu país se chama inverno.

Foi durante umas férias — ansiadas durante todo o ano, repentinamente insuportáveis — que tive consciência cabal de que em minha casa as coisas não andavam muito bem.

Meu pai estava ausente. Lembrei, confirmei então, que se ausentava com frequência. E tive a sensação de que, apesar de em sua ausência ela parecer mais tranquila, minha mãe — impossível, impossível! — mentia um pouco ao me garantir que ele estava trabalhando nesta e naquela cidade do interior, trabalhando para trazer para casa muitas moedas de ouro, que — e isto seja dito sem afã de crítica — necessitava muito, algo que eu podia entender. Eu perguntava, então, quando iria ser isso, e ela se calava ou falava de outra coisa, ou me mandava estudar, ou me repreendia (com a evidente intenção de desviar o curso de meus pensamentos) por algo que eu havia feito — ou desfeito — muito tempo atrás.

Estou certo de que não deveria dizer isto: certamente meu pai era um pícaro, o que se chama um verdadeiro pícaro. Sentia orgulho de sê-lo e se deleitava tratando de aumentar sua má fama, que, quanto ao demais, já ninguém lhe regateava entre a vizinhança.

Creio que nenhum outro menino (exceto meu filho) teve um pai como o meu. Será que eu poderia chamar de pai o que eu tive?

Ele mesmo, durante muito tempo, tratou de fazer com que a ideia de que eu era seu filho não se afirmasse em minha cabeça. Ainda posso ver, sentir com clareza, esta cena repetida muitas vezes da mesma forma: chegava à noite quando todo mundo já dormia no velho cortiço, completamente bêbado, enchendo todo o quarto com seu respirar forte e fatigado, com um abominável odor de vinho vomitado. Fecho os olhos e posso vê-lo caminhar fazendo o menor ruído possível, como um fantasma, com o dedo indicador posto sobre os lábios para indicar silêncio, enquanto cambaleava de um lado para outro sem jamais perder por completo o equilíbrio.

Um estranho que o visse então pensaria se tratar de um bêbado até certo ponto atencioso e, sobretudo, respeitoso do sonho alheio. Mas seu silêncio e seus gestos infelizmente não correspondiam a qualidades tão recomendáveis em um bebedor. Encerravam, talvez, um sentido diabólico. Não tinham outro objetivo que o de surpreender a presença de um amante ilusório no quarto de minha mãe.

Era sua obsessão por aquele tempo. Mais tarde, comprovei que não era a única. Em certa ocasião (entre muitas), algum tempo antes, havia abandonado por completo nossa casa certo de que todos nós — minha mãe, eu, o cão — tramávamos para assassiná-lo enquanto estivesse adormecido. Embora depois eu tenha pensado que minha mãe devia tê-lo feito, tal suspeita era absurda e infundada, pois ela o amava.

Quando enfim se convencia (assim ele acreditava) de que havia sido enganado uma vez mais e de que o amante era mais astuto ou menos madrugador que ele, aproximava-se do catre em que eu dormia e me pegava em seus braços me sacudindo com fúria, machucando-me com seu hálito e com suas suaves mãos de folgazão. Eu então rompia em intermináveis gritos capazes de despertar a cidade inteira. Mas ele não ficava contente até que me golpeasse, a seu bel-prazer, durante um longo tempo, berrando: "Não é meu filho, não é meu filho!", como se quisesse convencer os vizinhos e convencer a mim, um menino de seis anos, de que era filho não de uma mãe, como todos os meninos, mas (a palavra aprendi mais tarde) de uma puta.

Mamãe acabava sempre vindo em meu socorro, apartando-me daquela voz e daquele hálito alcoólico, o que eu agradecia do fundo do meu coração. Ficava, então, com o corpo encolhido, tremendo de frio e sem poder dormir, nervoso, assustado, vendo coisas estranhas no escuro até muito tempo depois. Em geral, soluçava largamente — às vezes, já sem vontade — para que minha mãe tivesse pena de mim, para que se compadecesse e para fazer com que ela também chorasse um pouquinho.

Pela repetição daquelas situações, cheguei a pensar que, na verdade, meu pai não era meu pai. Só era difícil para mim compreender como, não sendo eu seu filho, me batia daquela forma sem que nunca lhe tivesse ocorrido fazer o mesmo, nem uma única vez, com os outros meninos da vizinhança, os quais, sem dúvida alguma, tampouco o eram.

A não ser àquela hora, quase nunca o via. Costumava levantar-se muito tarde, quando eu já estava na escola caindo de sono e sem compreender as operações de aritmética que o professor, sem dúvida seguro também de que não éramos seus filhos, tratava de nos meter na cabeça pela força de golpes e cascudos. Hoje me maravilho de ter aguentado tanto e de poder repetir, ainda que com titubeios e certo tremor que não posso dominar, as tabelas de multiplicação.

Chego com os braços carregados de pacotes. Lanço alguns sobre a cama que parece uma grande mesa de jantar coberta com um extenso e liso mantel branco de crochê. Há sobre ela alguns pratos. Grandes pratos cheios de fruta. Mas, de repente, descubro que não são pratos, e sim enormes floreiras com (estranhas) rosas verdes, bordadas com fio de seda brilhante.

Tiro o chapéu, o atiro, e ele vai cair justamente na cabeça do cão, que o sacode rosnando. (Atento aos olhos do cão, têm um raro fulgor.) Depois, como quem se prepara para fazer uma surpresa, e com os olhos cheios de malícia, olho para minha esposa e para meu filho (que se parece extraordinariamente comigo), e me ponho a tirar, às escondidas, de um bolsinho interior de minha sacola, algo que com grande lentidão — com grande lentidão — vai adquirindo a forma de um triciclo. Meu filho — eu — sempre quis um, por que não hei de lhe dar um agora que tenho dinheiro em abundância? Só que deve haver um erro, pois no lugar das três rodas necessárias, oportunas, clássicas, vão saindo muitas, em número infinito, uma atrás da outra, até inundar o cômodo e converter-se em algo incômodo, insuportável. Penso: um erro de fabricação. Um pouco envergonhado, sorrio e volto a meter tudo na mesma forma de antes, só que ao contrário, no bolsinho de minha sacola. As rodas vão desaparecendo com metálico tilintar dourado, mas as últimas — que foram as primeiras — entram com extrema dificuldade oprimindo-me o coração, fazendo-me respirar trabalhosamente, quase me afogando, asfixiando-me como um bocado de carne demasiado grande que para na garganta. Sinto como brotam umas gotinhas de suor em minha testa. Preciso terminar logo. Um pouco mais e cairia desmaiado pondo a perder a alegria de minha esposa e de meu filho. Sou obcecado com o pensamento de que, se eu morrer, ninguém saberá desentranhar o mecanismo do triciclo, explicado somente em um pedaço de papel — ou papiro — que o vendedor do aparato mastigou e engoliu, ruidosamente, para que ninguém pudesse divulgar o segredo de sua fabricação.

Para sobreviver, tenho de voltar a tirar as rodas, mas o mecanismo tem outra falha, e agora resistem tanto para sair quanto para voltar a seu lugar original. Inspirado — inspirado —, decido tirar a sacola e atirá-la longe de mim — ou próxima, dá na mesma. Não posso fazê-lo porque as mangas estão presas às minhas costas com fortes cintas brancas. Não gosto da camisa de força. É um aparato infernal. Lanço-me ao solo. Não é a solução. Quando já não posso mais, quando já não posso menos, empapado de suor, choro e grito com todas as minhas forças. Minha esposa e meu filho me contemplam com enormes olhos atordoados. Vem minha esposa — minha mãe —; passa a mão pela minha testa, limpa o suor com suavidade, me dá um pouco de água — bem pouca — e me explica que aquilo se chama pesadelo.

Nos últimos tempos, já não me tratava tão mal, nem me insultava. Só de vez em quando me dava um pontapé sem muita força, quando tinha ocasião de fazê-lo.

Minha mãe e eu tardamos algumas semanas em dar-nos conta de que uma nova ideia fixa havia se apoderado de seu pensamento. Já não buscava amantes debaixo das camas, nem cheirava os alimentos para comprovar que não haviam sido previamente envenenados, como se, por cheirá-los, pudesse descobrir; tampouco atirava os pratos no chão vociferando que não haviam sido bem-lavados e que o tratavam pior que a um estranho. Havia encontrado uma nova vítima: os cães.

Com efeito, de um dia para o outro, foi apoderando-se da minha alma um profundo desprezo por esses animais. Cheguei a desprezá-los como a nenhuma outra coisa no mundo.

Todas as paixões que pude alimentar foram formando em mim como que um sedimento espesso e compacto para deixar na superfície, na primeira camada do cotidiano, aquele asco, essa repulsa por animais tão servis e baixos, cujos olhos lacrimosos e mansos e cujas línguas suarentas estão sempre prontos para lamber com gosto a planta que os fere.

Minha primeira vítima (e quantas mais já não terão caído) foi o nosso próprio cão, cujo nome, demasiado humilhante, demasiado canino*, não quero revelar aqui. Agora, pensando bem, creio que seu nome teve parte principalíssima no desenlace. Quiçá, se tivesse se chamado de outro modo, eu não teria reparado nele. O nome de um cão é tão importante quanto o cão em si. Um homem, uma mulher, podem, se lhes dá vontade, e por motivos dos mais estranhos e pitorescos, buscar outro nome. É questão de gosto, e, com três publicações do Registro Civil nos diários de menor circulação, fica tudo ajeitado. Mas um cão tem de sofrer por seu nome durante toda a vida, a menos que tome a de-

---

* Diógenes.

cisão de lançar-se à rua e converter-se em um cão vagabundo, ossudo, inominado; essa, no entanto, é uma vida dura e triste, e evidentemente são poucos os que se resignam a serem enxotados dos restaurantes e dos mictórios das cantinas com o genérico "cachorro!", "cachorro!", quando não com um golpe maldoso no ventre. Recordava eu que o velho filósofo o escolheu como o mais baixo e depreciável que poderia dar-se: cão. E me comprazia em admirá-lo por ter se dado a imitá-los para que os homens o desprezassem tanto quanto ele desprezava os homens. Cheguei a ler em um livro: "Estando em um jantar, teve alguns que lhe lançaram os ossos como a um cão, e ele, aproximando-se dos tais, mijou em cima deles, como fazem os cães". Odiei também o velho cínico, tão cândido!

Às vezes, é preciso dizer coisas monstruosas. Isto que vou dizer é um pouco monstruoso: creio que meu pai sentisse inveja do animal. Associando algumas ideias, cheguei a essa conclusão e não posso explicar a morte de Diógenes de outro modo.

Em todo caso, o cão teve uma boa parte de culpa. Quem mandou os cães possuírem esse olhar tão úmido, tão terno, tão amoroso, enfim? E quem ordenava ao nosso que se escondesse debaixo da cama quando meu pai aparecia? Não seria mais conveniente sair a seu encontro (mesmo com risco de levar um pontapé) em vez de provocá-lo com sua fuga inútil? Não. Fazia sempre o menos indicado, o mais estúpido. Em certas ocasiões, punha-se a gritar antes que meu pai lhe batesse. Não durou muito. Meu pai não pôde suportá-lo.

Um dia, meu pai nos surpreendeu os três.

Era uma tarde quente. Eu repassava com afinco algumas tabelas de multiplicação. Minha mãe fazia seu infinito trabalho de crochê. Não posso evocá-la sem associar sua memória àquela agulha prateada e ao novelo de fio branco jogado no chão, sobre um jornal. Não me recordo de que modo se saía nos outros deveres domésticos, já que é impossível para mim pensar em outra maneira senão tecendo ou esticando seus tecidos. Mantinha os cômodos inundados de tapetes, o que, em vez de embelezá-los (como, sem dúvida, era seu propósito), dava-lhes um aspecto caipira de mau gosto.

Suas pranchas, pretas, de ferro fundido, se encontravam nos lugares mais inesperados e absurdos. Seu ofício era também uma obsessão, suponho. Quando não trabalhava nele, movia os dedos febrilmente como se estivesse tecendo, sem se dar conta, como se não quisesse perder por motivo algum o ritmo iniciado sabe-se lá quantos anos atrás. Se eu não tivesse me acostumado a ver o novelo de fio no pavimento, poderia ter acreditado, sem dificuldade, que ela mesma o produzia, como as aranhas.

O cão havia se jogado em um canto suando copiosamente pela língua e pelo nariz.

O tijolo em que apoiava a cabeça se enchia de vapor a cada golpe de seus pulmões. Sobre esse vapor, eu gostava de escrever com o dedo as iniciais de meu nome, mas minha mãe nem sempre o permitia fazer: "Você é um menino muito sujo".

Digo que nos surpreendeu os três. O que menos esperávamos era sua chegada e a maneira como o fez. Chegou cedo e de muito bom humor. Sóbrio. Limpo. Sorridente. A alegria se comunica com facilidade. Comunicou a todos nós sua alegria. Dava gosto ter um pai assim, e temporariamente me esqueci de seus golpes.

Tirou o chapéu e o lançou com muita graça (assim me pareceu) até o gancho fixo que estava no outro extremo do cômodo.

Depois se aproximou de minha mãe e acariciou-a passando-lhe a mão, lenta e suavemente, pelo cabelo. Inclinando-se para beijá-la, disse-lhe algumas palavras que não consegui ouvir ou que não recordo, mas que sinto não recordar porque estou seguro de que eram doces e bondosas.

Quando chegou a minha vez, veio até mim, deu-me duas palmadas no ombro e pronunciou com um sorriso:

— Tudo bem?

Baixei a vista sentindo um pouco de fogo nas bochechas:

— Bem, papai.

Depois se sentou. Parecia um pouco envergonhado. Fazia vários meses (ou anos) que não o víamos. Demonstrava querer falar, continuar dizendo coisas agradáveis; mas ficou parado, com os olhos bem semicerrados ou bem perdidos nas vigas (um pouco sujas de fumaça, ocorreu-me) que sustentavam o teto.

Minha mãe ofereceu ou simplesmente disse algo. Só se levantou para fechar a janela, pois começava a escurecer, e um pouco de vento frio havia irrompido no cômodo. Depois disso, voltou a seu trabalho, em silêncio.

Todos ouvimos com clareza quando o cão começou a grunhir como de praxe quando sentem uma calma pesada. Estava em um canto, jogado ao estilo dos lagartos, as quatro patas estiradas e a pança junto ao piso, como se o calor ainda fosse excessivo.

Quando o ouvi, movi os olhos lentamente em direção a meu pai. Sorria. Minha mãe também o observava; quando o viu sorrir, sorriu. Quando eu a vi sorrir, sorri. Então coincidimos todos em voltar a olhar o animal, que também sorriu a seu modo. Que alívio senti ao ouvir que meu pai rompia de novo o silêncio fazendo soar seus dedos com a evidente intenção de que Diógenes se aproximasse.

Ao seu chamado, o cão começou a mover-se com lentidão, arrastando-se, empurrando a si próprio com as patas traseiras. Nunca esperou que chegasse a tratá-lo com tanto carinho. Imagino que até ele mesmo se dava conta de que meu pai não estava bêbado como sempre, de que aquele era um dia distinto.

Enquanto isso, meu pai, sem dúvida para que perdesse por completo o medo, continuava chamando-o com assobios e diminutivos carinhosos: "cãozinho", "cãozinho".

Esse dia, tive uma vaga ideia do que era a felicidade. Via a minha mãe contente. Contemplava meu pai limpo e contente. Notava o contentamento nos olhos do cão. Quando este percorreu toda a distância que o separava de meu pai, parecia feliz. Movia o rabo com força extraordinária e, de vez em quando, emitia um ou outro grunhido. Por um momento — talvez exagerando seu papel —, deu a volta e ficou com as patas para cima, como que querendo demonstrar todo o seu deleite; mas logo voltou a sua posição normal, talvez um pouco envergonhado. Minha mãe o acariciou com um pé.

Não teve ele uma parte de culpa, sem que isso signifique estar, Deus sabe bem que não, contra ele? Hoje está morto, e eu deveria respeitar sua memória, mas como, conhecendo meu pai, fez o que fez? Não afirmo, mas é possível que seu único desejo tenha sido o de compartilhar sua alegria. O caso é que, em certo momento, voltou sua cabeça para mim. Quando se cansou de me fitar, ou quando deixei de fazer caso, dirigiu seus olhos estúpidos para minha mãe e se manteve assim por um tempo, com a língua dependurada, à espera de alguma palavra.

Foi então que a expressão de meu pai mudou. Estendeu com muita calma seu braço direito para a mesa que estava a seu lado, tomou um dos ferros de minha mãe e o deixou cair como um raio sobre a cabeça do animal. Este não teve a menor oportunidade de defesa. Nem sequer se moveu do lugar em que estava. Tampouco o fez minha mãe. Nem eu. Não era necessário.

Bem, já podem imaginar esses minutos. Quando o rabo deixou de se mover, quando meu pai se convenceu de que estava bem morto, levantou-se simplesmente, pegou seu chapéu e partiu. Desde então, não voltamos a vê-lo.

Talvez, na verdade, meu marido não fosse tão malvado. Inclino-me talvez a crer que estivesse um tanto doente, ainda que pouco, como ele mesmo diria. Sua internação em um sanatório, onde o encontrei depois de infatigável busca, é uma pequena das inumeráveis provas em que me baseio para afirmá-lo.

Hoje é como um menino obstinado na crença de que seu pai o tortura por causa de algum delito imaginário cometido por sua mãe antes que ele nascesse. Quando essa ideia desaparecer de sua mente, estará curado.

Eu, de minha parte, digo isto: não se está livre nunca da calúnia. E esta pode vir de onde menos se imagina, até dos próprios filhos. Espero que ninguém dê crédito (porque há pessoas dispostas a crer em qualquer coisa, até na mais óbvia mentira) a toda essa fraude insensata, urdida com a pérfida intenção de me prejudicar. É fácil notar — e seria um insulto duvidar de que todos o advertiram — que meu filho começa a mentir desde o princípio, quando descreve a si mesmo, por certo que mente, como vítima de uma "imperceptível e pouco incômoda deformação craniana". A verdade é que sua cabeça é monstruosa. Eu não tenho culpa. Nasceu assim. Já desde o primeiro momento o constatamos, com o parto tão difícil.

É ingenuamente falso que tenha frequentado a escola: aprendeu a ler e a escrever em casa.

Sou caixeiro-viajante. Isso pode abonar a firma Rosenbaum & Co., da qual posso mostrar lindas cartas que, sem que eu mereça, favorecem-me.

Minha esposa morreu faz muito tempo. Meu filho não a conheceu. Criou-se nos braços de minha mãe.

E quanto aos cães a que se refere, estou seguro, posso comprová-lo, de que nunca, exceção feita a Diógenes, matei nenhum outro. Tive de fazê-lo. Nenhum cão está livre da raiva. Por que ele seria uma exceção? A qualquer momento, podia ser atacado por essa enfermidade que, como todos sabem, se multiplica em progressão geométrica, com tal eficiência que, em pouco tempo, termina com populações inteiras.

Se essa imoderada doença o tivesse atacado algum dia, não posso nem sequer imaginar o que teria sido de todos nós. As consequências seriam incalculáveis.

O dinossauro

Quando despertou, o dinossauro ainda estava ali.

Leopoldo (seus trabalhos)

Ufanamente, quase com orgulho, Leopoldo Ralón empurrou a porta giratória e efetuou pela enésima vez sua triunfal entrada na biblioteca. Percorreu as mesas, com uma espiada ampla e cansada, em busca de um lugar cômodo e tranquilo; saudou dois ou três conhecidos com seu resignado gesto habitual de "pois bem, aqui me têm de novo na tarefa" e avançou sem pressa, seguro de si, abrindo passagem por meio de repetidos "com licença, com licença", que seus lábios não pronunciavam, mas que eram fáceis de adivinhar em sua expressão amável e conciliadora. Teve a sorte de encontrar seu lugar preferido. Gostava de sentar-se diante da porta da rua, o que lhe oferecia a oportunidade de fazer uma pausa em suas fatigosas investigações cada vez que entrava uma pessoa. Quando esta era do gênero feminino, Leopoldo deixava momentaneamente o livro e se dedicava a observá-la com sua compenetração de costume, com o olhar cheio de brilho que confere a inteligência alerta. Leopoldo gostava dos corpos bem-formados; mas não era esse o principal motivo de sua observação. Moviam-no razões literárias. Era bom ler muito, estudar com afinco, dizia a si mesmo com frequência: mas observar as pessoas serve mais a um escritor que a leitura dos melhores livros.

O autor que se esqueça disso está perdido. A cantina, a rua, as repartições públicas, transbordam de estímulos literários. Seria possível, por exemplo, escrever um conto sobre a maneira que têm algumas pessoas de chegar a uma biblioteca, ou sobre seu modo de pedir um livro, ou sobre o jeito de sentar-se de algumas mulheres. Estava convencido de que é possível escrever um conto sobre qualquer coisa. Havia descoberto (e tomado notas enfáticas sobre isso) que os melhores contos, e ainda mais os melhores romances, baseiam-se em fatos triviais, em acontecimentos cotidianos e sem importância aparente. O estilo, certa graça para fazer ressaltar os detalhes, era tudo. A obra superava a matéria. Não cabia dúvida, o melhor escritor é o que faz de um assunto frívolo uma obra-prima, um objeto de arte perdurável. "O escritor", disse uma tarde no café, "que mais se parece com Deus, o maior criador, é dom Juan Valera: não diz absolutamente nada. Desse nada criou uma dúzia de livros." Havia dito por causalidade, quase sem senti-lo. Mas essa frase fez seus amigos rirem e confirmou sua fama de engenhoso. De sua parte, Leopoldo tomou nota daquelas memoráveis palavras e esperou a oportunidade para usá-las em um conto.

Deixou seus papéis sobre a mesa. Uma vez assegurado de que ninguém se atreveria a usurpar seus direitos, levantou-se e dirigiu seus passos à bibliotecária. Pegou um boleto. Extraiu com elegância do bolsinho sua fiel esferográfica e, em sua melhor caligrafia, com lentidão cuidadosa, escreveu: "E-42-326. Katz, David. *Animais e homens*. Leopoldo Ralón. Estudante. 32 anos".

Fazia oito anos que vinha tirando dois. Fazia oito anos que não era estudante.

Pouco depois, Leopoldo estava outra vez sentado, com o livro aberto no índice em busca do capítulo relativo aos cães. Várias folhas de papel branco e sua esferográfica esperavam impacientes sobre a mesa o momento de registrar qualquer dado de interesse.

Leopoldo era um escritor minucioso, implacável consigo mesmo. A partir dos dezessete anos, havia cedido todo seu tempo às letras. Durante todo o dia, seu pensamento estava fixo na literatura. Sua mente trabalhava com intensidade, e nunca se deixou vencer pelo sono antes das dez e meia. Leopoldo padecia, no entanto, de um defeito: não lhe agradava escrever. Lia, tomava notas, observava, assistia a ciclos de conferências, criticava asperamente o deplorável castelhano usado nos jornais, resolvia árduas palavras cruzadas como exercício (ou como descanso) mental; só tinha amigos escritores; mas era presa de um profundo terror quando se tratava de pegar a caneta. Ainda que sua mais firme ilusão consistisse em chegar a ser um escritor famoso, foi postergando o momento de lográ-lo com as escusas clássicas, a saber: primeiro, há que viver, antes é necessário ter lido tudo, Cervantes escreveu o *Quixote* em uma idade avançada, sem experiências não há artista, e outras do tipo. Até os dezessete anos, não havia pensado em ser um criador. Sua vocação veio antes de fora. Obrigaram-no as circunstâncias. Leopoldo rememorou como a coisa havia se dado e pensou que até podia escrever um conto. Por uns instantes, distraiu sua atenção do livro de Katz.

Vivia então em uma pensão. Era estudante do secundário e estava apaixonado pelo cinema e pela filha da dona da pensão. O esposo desta chamavam de "o licenciado", porque estudara durante seis meses na Faculdade de Direito. Essa razão, já poderosa, somada ao fato de que os demais pensionistas eram um médico, um engenheiro, um estudante de direito e um cavalheiro que lia todas as poesias de Juan de Dios Peza, determinou que Leopoldo se sentisse desde o princípio em uma atmosfera particularmente intelectual.

Aqui Leopoldo não pôde evitar um sorriso. Pensava em um conto sobre seu primeiro impulso de converter-se em escritor (que intentaria pela segunda vez); mas a lembrança do médico desviou seus pensamentos. Sem dúvida, era outro bom tema.

"R. F., o médico, havia terminado seus estudos fazia nove anos; mas seguiu como pensionista, seguramente porque, ao ver-se convertido em profissional, considerou que eram tantos no edifício e com tantas probabilidades de adoecer que sair em busca de clientela na rua teria sido uma estupidez palpável. De maneira que, apesar da amizade que dizia professar a todos, não prestava nunca um serviço gratuito. Assim que manifestar falta de apetite e encontrar-se purgado jamais eram coisas separadas; queixar-se de fadiga e ter sua orelha nos pulmões era como irmãos; demonstrar cansaço e tomar injeção dele vinha a ser a mesma coisa. E o bom era que não se queixar não servia de nada, pois tinha por lema que a saúde completa não existe e que se sentir inteiramente são é pior que uma enfermidade conhecida e, portanto, controlável; e enfim, que dos confiantes o cemitério estava cheio."

Leopoldo tomou algumas notas e escreveu em sua caderneta: "Consultar se um conto sobre um médico assim não foi escrito. Em caso negativo, refletir sobre o tema e trabalhá-lo já a partir de amanhã".

Podia começar ridicularizando o ódio que o médico professava à cirurgia, e ir com tudo para o momento em que a dona da pensão declara ter apendicite e que devia operar, e com a explosão de ira do doutor ao ouvir isso. Nova nota de Leopoldo: "Oito dias esteve sem lhe dirigir a palavra, depois de anunciar que iria embora da casa se ela levasse a cabo semelhante estupidez". Mais uma nota: "Tratar com ironia o fato de que quando a senhora, apesar de tudo, foi operada, ele não cumpriu sua ameaça, ao contrário, quando ela regressou, tratou de convencê-la de que a ferida não tardaria em abrir-se de novo, o que fazia indispensável sua presença, porque nunca dá para saber... Aqui um pouco de diálogo:

"— Não, senhora, entenda. A ferida é pior que a enfermidade. A forma mais certeira de matar uma pessoa é a que consiste em produzir-lhe uma ferida no ventre. Isso compreende até uma criança.

"— Mas se já me sinto bem. Se nunca estive melhor que agora.

"— Senhora, pode pensar o que quiser: mas meu dever é cuidar, evitar um desenlace fatal."

Tranquilo ante a perspectiva de desenvolver essa maravilha, Leopoldo abriu o livro de Katz e buscou, sem impaciência, o capítulo referente aos instintos dos cães. Antes, movido pelo inconsciente desejo de não enfrentar seu problema do momento, se deteve nas páginas alusivas à bicada das galinhas. Era curioso. Esta bicava a outra, a outra bicava aquela, aquela bicava mais além, em uma sucessão que só terminava com o cansaço ou o tédio. Leopoldo, triste, relacionou esse aflitivo fato com a cadeia de picadas não recíprocas que se observa na sociedade humana. De imediato, vislumbrou as possibilidades que uma observação dessa natureza prestava para escrever um conto satírico. Tomou notas. O presidente de um negócio qualquer faz vir o gerente e lhe reprova a leniência, ao mesmo tempo que assinala colérico um gráfico em descenso.

"— Você sabe melhor do que eu que se as coisas seguirem assim, o negócio virá abaixo. Nesse caso, serei obrigado a sugerir na próxima reunião de acionistas a conveniência de buscar um gerente mais apto.

"O gerente, aturdido pela bicada, quer dizer alguma coisa, mas seu chefe já está ditando, e a taquigrafia recorrendo às palavras: 'A prosperidade vista em nossa negociação durante os últimos três meses me obriga a pensar que a sua ameaça de se separar nasce, antes que de um temor natural de sua parte, de um ponto de vista inadequado. O fato de que as vendas tenham baixado nos últimos dias obedece a um simples fenômeno observado já por Adam Smith, fenômeno que consiste na variabilidade da oferta e da demanda. Quando o mercado está saturado...'.

"O gerente chama então o chefe de vendas:

"— Você deve saber melhor do que eu que se as coisas seguirem etc., serei obrigado etc., a conveniência etc.

"A bicada faz o chefe reagir na direção da galinha vendedora principal:

"— Se na próxima semana as vendas não aumentarem uns vinte por cento, muito temo que você etc.

"Com umas penas a menos, a vendedora principal bica a sua subordinada mais próxima, que bicará seu noivo, que bicará sua mãe, que..."

Com efeito, concluiu Leopoldo, seria possível escrever um bom conto com esse agitado assunto. A psicologia comparada era algo que todo escritor deveria conhecer. Tomou nota de que necessitava tomar algumas notas e escreveu em sua caderneta: CONTO DAS BICADAS. Visitar dois ou três grandes departamentos comerciais. Observar. Tomar notas. Se for possível, falar com um gerente. Penetrar sua psicologia e compará-la com a de uma galinha.

Todavia, antes de chegar ao capítulo dos cães, Leopoldo observou detidamente uma garota que entrava. Agora sim. Aí estava o capítulo. Passaria, sem dúvida, para sua caderneta qualquer dado utilizável. Seus olhos cansados, circundados por profundas olheiras azuladas que lhe davam notório aspecto intelectual, percorreram metodicamente as páginas. De vez em quando se detinha, com uma sagaz expressão de triunfo, para escrever algumas palavras. Então se ouvia o tocar da caneta em toda a sala. Sua mão, cuidadosa, coberta de uma fina penugem indicativa de um caráter forte e tenaz, traçava os signos com firmeza e decisão. Evidentemente, Leopoldo se deleitava prolongando esse prazer.

Vinha escrevendo um conto sobre um cão já fazia mais ou menos sete anos. Sendo um escritor conscientioso, seu desejo de perfeição quase o levara a esgotar a literatura existente sobre esses animais. Na verdade, o argumento era bem simples, muito de seu gosto. Um pequeno cão da cidade se via, de repente, levado para o campo. Ali, por uma série de acontecimentos que Leopoldo já tinha bem claros na cabeça, a pobre besta citadina se encontrava na infeliz necessidade de enfrentar, em luta de morte, um porco-espinho. Decidir qual deles resultaria vencedor na batalha foi algo que a Leopoldo custou muitas noites de insônia implacável, pois sua obra correria o risco de ser tomada simbolicamente por mais de um leitor desprevenido. Se isso chegasse a suceder, sua responsabilidade de escritor se tornaria incomensurável. Se o cão saísse vitorioso, isso poderia ser interpretado como demonstração de que a vida nas cidades não menospreza o valor, a força, o desejo de luta, nem a agressividade dos seres viventes ante o perigo. Se, pelo contrário, fosse o porco-espinho a levar a melhor, seria fácil pensar (precipitada, equivocadamente) que seu conto encerraria, no fundo, uma amarga crítica à civilização e ao progresso. E então, como ficaria a ciência? Como ficariam as ferrovias, o teatro, os museus, os livros e o estudo? O primeiro caso poderia dar margem a pensar que ele advogava por uma vida supercivilizada, alijada de todo contato com a Mãe Terra, sem a qual o triunfo do cão, dizia aos gritos, seria factível passar. Uma resolução imediata o comprometeria nesse sentido. E, no entanto, Deus sabia bem, nada mais distante de seu pensamento. Já via as despiedadas críticas nos jornais: "Leopoldo Ralón, o *supercivilizado*, escreveu um atentatório conto no qual, com uma afetação e um pedantismo sem limites, se permite etc.". Por outro lado, se o porco-espinho desse conta do cão, não seriam poucos os que suporiam que estava sustentando que um animal selvagem e espinhoso era capaz de lançar por terra os X anos de esforço humano por uma vida mais confortável, mais fácil, mais culta, mais espiritual, enfim. Durante meses, esse dilema consumiu todo seu tempo. Por noites inteiras, Leopoldo deu infinitas voltas em sua cama, insone, em busca da luz. Seus amigos o viram preocupado e com mais olheiras e pálido do que nunca. Os mais chegados lhe aconselharam que visse um médico, que tirasse um descanso; mas, como em outras ocasiões (o conto do avião interplanetário, o conto da senhora que, sob um farol, em meio a um frio inclemente, tinha de ganhar o pão de seus desventurados filhos), Leopoldo os tranquilizou com seu peculiar ar abatido: "Estou escrevendo um conto; não é nada". Eles, é verdade, teriam se alegrado muito ao ver um desses contos terminado; mas Leopoldo não os mostrava; Leopoldo era modesto ao extremo. A Leopoldo não preocupava a glória. Um dia, viu seu nome no jornal: "O escritor Leopoldo Ralón publicará em breve um livro de contos". Somente essas palavras, em meio ao nefasto anúncio de que um artista de cinema havia machucado um pé e que uma bailarina estava constipada. Mas nem mesmo esse claro reconhecimento de seu gênio envaideceu Leopoldo. Desdenhava tanto a glória que, geralmente, nem sequer terminava suas obras. Havia vezes, inclusive, em que nem se dava ao trabalho de começá-las. Ademais, não era questão de apressar-se. Havia ouvido, ou lido, que Joyce e Proust corrigiam muito. Por isso, em todas as suas criações, costumava deixar um detalhe solto, algum matiz pendente. Não sabia nunca o momento de acertar. O talento tinha ciclos de esplendor a cada sete anos. Às vezes era necessário que passassem semanas e meses antes que a palavra justa viesse a se impor, como que por ela mesma, no lugar preciso, no lugar único e insubstituível!

    Ainda quando Leopoldo podia ter se resolvido pela morte do cão (no fim, também tinha poderosas razões para isso), optou, por fim, por seu triunfo. Vendo bem, se ele mesmo escrevia suas obras com uma esferográfica cuja tinta não vazava nos aviões; se só dando umas quantas voltas em um disco era capaz de comunicar-se através de três mil milhas de montanhas e vales com um amigo querido; se a uma simples ordem sua a obra de alguém que havia escrito em tabuinhas de cera dois mil anos antes podia estar em suas mãos, e tudo isso lhe parecia perfeito, houve um momento em que lhe resultou claríssimo que o cão tinha de triunfar. Sim, querido e bondoso animal, pensou Leopoldo, é inevitável que triunfe. Eu lhe asseguro que triunfará. E o cão estava a ponto de triunfar. Enquanto Leopoldo terminasse de ler o livro de Katz, o cão, definitivamente, triunfaria.

Não obstante, quando Leopoldo chegou a essa intrépida determinação, viu-se assaltado por uma dificuldade inesperada: nunca havia visto um porco-espinho.

Então disse a si mesmo que tinha de buscar algo sobre os porcos-espinhos. Acreditava ser necessário que fosse um porco-espinho o rival de seu cão. Era mais sugestivo. O detalhe de que o singular animal estivesse armado de espinhos o seduziu desde o primeiro momento. O porco-espinho, disparando seus dardos, lhe daria oportunidade de referir-se, como de passagem, às sociedades de homens, felizmente já quase extintas, que durante milênios usaram flechas para fazer guerra. Sem contar que, empregando certa habilidade, podia encontrar a maneira de fazer uma velada alusão àquela magnífica resposta de (quem havia sido mesmo?, consultar), àquela arrogante resposta de X ante a ameaça do inimigo de cobrir o sol com suas flechas: "Melhor; lutaremos à sombra". Era evidente para ele, ademais, que se o rival do cão era um leão (ainda quando este animal fosse mais rico em alusões histórico-literárias), a vitória do primeiro resultava ligeiramente mais problemática. É certo que havia visto um leão no zoológico; mas um leão, definitivamente, não servia. As serpentes poderiam ser úteis, mas se prestavam a tantas reminiscências teológicas que era forçoso eludir em um conto como o que se propunha fazer. Já tinha o suficiente com o problema cidade-campo.

E nem pensar em uma aranha ou em qualquer outro bicho venenoso. A desleal concorrência nesse caso faria decair o interesse do leitor. Estava provado que tinha de ser um porco-espinho. No porco-espinho, as probabilidades de derrota, sem contar com o de "lutaremos à sombra", eram mais numerosas e factíveis.

Leopoldo sofreu uma desilusão ao inteirar-se no livro de que os cães eram menos inteligentes do que a maioria das pessoas imagina. É verdade que o desenvolvimento de seus instintos era assombroso, quase tão surpreendente quanto o dos cavalos, que são capazes, com um pouco de prática, de resolver problemas matemáticos. Mas de inteligência, senhores, do que se chama inteligência, nada, absolutamente nada. De modo que tinha de fazer seu herói triunfar conforme o que a ciência dizia, e não de acordo com seus projetos e na forma que ele queria. Pensou com tristeza que o pobre animal acossado era capaz de morder o pescoço de um javali, mas nunca, nem remotamente, de levantar uma pedra do chão e atirá-la na cabeça de seu inimigo (tomou uma nota). E, no entanto, a maneira deles de se purgar quando se sentem enfermos não seria um ato inteligente? Quantos de seus conhecidos eram capazes de uma atitude assim? Recordou o engenheiro. Podia escrever um conto. Toda sua adolescência, se bem se via, estava cheia de excelentes temas para contos.

Na mesa, ao lado do médico, sentava-se o engenheiro. Diferentemente do "licenciado", não falava quase nunca. Seu modo de ser, silencioso, não isento de mistério, podia aproveitar-se até para um bom romance. O relato podia iniciar-se assim, com a maior naturalidade:

"Um meio-dia quente, quando começávamos a comer, vimos pela primeira vez o engenheiro. Ao vê-lo, quem teria pensado que se albergava nele um criminoso? Recordo que a coisa principiou quando o médico, com sua solicitude de costume, revelou ao engenheiro que a cor de seus olhos o intranquilizava um pouco:

"— Não queria alarmá-lo, quando faz apenas dois dias que o senhor nos honra com sua presença nesta casa. De maneira alguma. Mas seria depois um grave peso de consciência para mim, como amigo e como profissional, não o ter advertido a tempo do mal que adivinho em seus olhos cansados; permita-me dizer-lhe, senhor, que seu fígado não vai bem."

E deixar o diálogo para relatar com minúcia as diferentes etapas do ódio que foi sendo criado entre os dois. Que o engenheiro jamais se deixou intimidar nem lhe deixou receitar nada, e que o doutor não podia perdoar isso. Que se o engenheiro adoecia, fazia como os cães: deixava de comer. Que, quando muito, ia ele mesmo à farmácia, pedia um purgante e o tomava sem dizer nada a ninguém e sem que ninguém se desse conta, salvo por seus frequentes e silenciosos passeios noturnos pelos corredores. Que bárbaro, que bom conto!, disse Leopoldo a si mesmo. E viu, como se tivesse sido ontem, o ódio do médico para com o engenheiro e como aquele vaticinava, com irritante frequência, a morte iminente do segundo, sem imaginar que a sua própria estivesse tão próxima.

E em seguida, que o engenheiro vivia metido em seu quarto, no qual projetava incansável (e de onde, sem dúvida, lhe vinha a irritação ocular) um túnel subterrâneo para o canal da Mancha e um canal subterrâneo para o Istmo de Tehuantepec. Para concluir, deixar passar um tempo e reuni-los todos na sala com o pretexto de uma festa familiar. O médico tardaria. Também o engenheiro. Depois, com simplicidade, descrever como haviam encontrado este último em seu quarto com um punhal ensanguentado na mão, e contemplando fixamente (como uma galinha hipnotizada, anotou) o cadáver de seu inimigo estendido de bruços sobre uma espantosa poça de sangue bem vermelha.

Desgraçadamente, Leopoldo não podia resolver seu conto fazendo com que o cão purgasse por puro instinto ou que abatesse o porco-espinho a punhaladas. Seu cão gozava de uma saúde a toda prova. O problema consistia em fazê-lo lutar sem mais armas que as próprias; pô-lo em estado de luta de morte com um animal que veria pela primeira vez. Isso lhe produziu o abatimento e a depressão de costume. A cada passo, topava com dificuldades quase impossíveis de vencer, com aterradores entraves que o impediam de culminar seu relato. Havia recorrido a vastas bibliotecas em busca de informação sobre os cães. E agora, quando se considerava bem-documentado, dava-se conta de não saber nada sobre os porcos-espinhos. Isso havia de nunca acabar; hoje em dúvida, amanhã um novo escrúpulo. Tinha de empreender outra vez uma prolixa investigação para se inteirar sobre os costumes do porco-espinho; suas formas de vida, seus instintos; se são capazes de vencer um cão ou se sempre sucumbem às dentadas caninas; seu maior ou menor grau de inteligência. Questionou com desagrado, como lhe sucedera em outras ocasiões, se esse tema já não teria sido usado por outros contistas, coisa que anularia de súbito seus esforços de tantos anos; mas consolou-se com a ideia de que, ainda quando esse conto já tivesse sido escrito, nada o impediria de escrevê-lo outra vez, à maneira de Shakespeare ou León

Felipe, os quais, como todos sabem, se apropriavam de assuntos de outros autores, os refaziam, lhes comunicavam seu alento pessoal e os convertiam em tragédias de primeira ordem. Considerou que, de todo modo, já havia avançado bastante para acabar desistindo agora, depois de tão longos anos de trabalho contínuo. Fazia pouco que comprovara, não sem amargura, que seus vizinhos se permitiam trocar olhares inteligentes a cada vez que ele anunciava estar escrevendo um conto. Eles já veriam se não estava escrevendo. E não teriam razão?, sorriu. Sem sentir, passo a passo, havia se metido em um labirinto de aparências do qual, tinha plena consciência, forçosamente precisava sair se não quisesse ficar louco. E a melhor forma de evadir-se era enfrentar o problema, escrever algo, qualquer coisa que justificasse suas olheiras, sua palidez e seus anúncios de uma obra sempre iminente e a ponto de ser terminada. Impossível que, depois de tudo, acabasse dizendo com tranquilidade: "Pois bem, renuncio a escrever. Não sou escritor. E mais, não quero sê-lo". Por outro lado, tinha um compromisso consigo mesmo, e já era inadiável que demonstrasse a Leopoldo Ralón que sua vocação não era equivocada, que, sim, era escritor, e mais, que, sim, queria sê-lo. Foi então que, pela primeira vez, pensou em relatar a forma com que foi determinada sua entrada na república literária. Havia acudido a seu diário, e lido:

Terça-feira, 12
Hoje me levantei cedo, pena não me suceder nada.

Quarta-feira, 13
Ontem dormi a noite inteira. Quando me levantei, estava chovendo, de forma que não tenho aventuras para anotar em meu querido diário. Somente que, às sete, houve tremor,

e todos saímos para a rua correndo, mas como hoje também chovia, nos molhamos um pouco. Agora, querido diário, lhe digo até amanhã.

Sexta-feira, 15

Ontem me esqueci de apontar minhas aventuras, mas como não tive aventura alguma, não importa. Espero que amanhã eu consiga os cinquenta centavos, pois quero ver um filme que, dizem, está muito bonito, e o bandido morre no final, boa noite.

Sábado, 16

Hoje pela manhã, saí com um livro debaixo do braço para vendê-lo, para ver se assim conseguia os cinquenta c. Já ia chegando quando topei com dom Jacinto, o senhor que vive aqui, e fiquei com muita vergonha porque ele lê muito, isso sim vou pôr, porque é uma aventura, quando viu o livro logo falou como gostava de literatura. Fiquei com muita vergonha e lhe disse "sim". Então, continuou me perguntando e eu segui respondendo. E lhe agrada escrever, amigo? Eu lhe disse sim, escrevo o tempo todo. E escreve poesia ou contos. Contos. Gostaria de ver alguns. Não, são muito ruins, estou só começando. Deixe disso, não seja modesto, notei em você muito talento e já faz muito tempo tenho observado como escreve muito. Eu lhe disse que um pouquinho. Quando me mostra algum? Quando terminar o que estou fazendo. Deve ser muito bonito; está um pouco regular. "Hoje mesmo contarei a todos à mesa que, entre nós, há um grande escritor ignorado, na hora de comer disse a todos à mesa que eu era um escritor ignorado", e fiquei com muita vergonha e disse sim. Amanhã vou começar a escrever um conto, é fácil, só preciso imaginar uma coisa e escrevê-la. Depois vou passar a limpo. Não pude ver o filme, mas Juan me contou tudo desde a metade, pois chegou tarde, disse que matam o bandido no final. Melhor, vou apagar tudo o que escrevi hoje, pois isso não é aventura, hoje não aconteceu aventura alguma.

Assim tinha nascido sua vocação de escritor. Desde aquele dia, tomava notas todo o tempo, urdia argumentos de cinema, obras teatrais, romances policiais e de mistério, de amor ou científicos; em primeira pessoa, em estilo indireto, em forma epistolar ou de diário, dialogadas ou sem diálogo; relatos horripilantes encontrados dentro de uma garrafa em uma praia; ou, às vezes, aprazíveis descrições de cidades e de costumes. Mas o momento de pegar na caneta ia afastando-se à medida que os anos transcorriam. Registrava dados e temas; observava e pensava com profundidade em todas as partes e a toda hora; mas a verdade é que, apesar de sua indubitável vocação, não escrevia quase nunca. Jamais ficava satisfeito e não se atrevia a dar nenhum trabalho por terminado. Não; não tinha de se apressar. Entre seus amigos, sua fama de escritor era indubitável. Isso o confortava. Qualquer dia surpreenderia a todos com a obra-prima que esperavam dele. Sua esposa havia se casado com ele atraída, em parte, por sua fama. Nunca viu nada de seu marido publicado em parte alguma; mas ela, mais do que ninguém, sabia que ele tinha uma caixa cheia de fichas, que, a toda hora, enchia sua esferográfica com inspirada tinta azul, que sua imaginação estava sempre desperta, que de qualquer coisa, do fato mais trivial, dizia ele, era possível escrever um conto.

    Demonstrar a si mesmo que, na verdade, era um escritor levou Leopoldo, um dia, a começar um relato. Certa manhã, depois de deixar que seu subconsciente trabalhasse durante a noite, Leopoldo amanheceu inspirado. Ocorreu-lhe que a luta de um cão com um porco-espinho era um tema esplêndido. Leopoldo não o deixou escapar e se entregou à tarefa com afinco frenético. Logo se deu conta, entretanto, de que era muito mais fácil encontrar os temas do que os desenvolver e lhes dar forma. Então, disse a si mesmo que o que lhe faltava era cultura e se pôs a ler com fúria tudo o que caía em suas mãos; mas, principalmente, o que se referia aos cães. Algum tempo depois, sentiu-se mais ou menos seguro. Preparou uma boa quantidade de papel, ordenou silêncio em toda casa, vestiu uma viseira verde para preservar os olhos da nociva luz elétrica, limpou sua esferográfica, acomodou-se na cadeira o melhor que pôde, mordeu as unhas, contemplou com inteligência uma parte do teto e, vagarosamente, interrompido tão somente pelas batidas de seu coração emocionado, escreveu:

"Era uma vez um cão muito bonito que vivia em uma casa. Era de raça fina e, como tal, bastante pequenino. Seu dono, um senhor muito rico com um lindo anel no dedo mindinho, possuía uma casa de campo, mas um dia lhe deu vontade de ir passar uns dias no campo para respirar ar puro, pois se sentia adoentado, pois trabalhava muito em seus negócios que eram de tecidos, pelo que podia comprar bons anéis e também ir ao campo, então pensou que tinha de levar o cãozinho, pois se ele não cuidasse a criada descuidava e o cãozinho iria sofrer, pois estava acostumado a ser cuidado com cuidado. Quando ele chegou ao campo sempre com seu melhor amigo, que era o cãozinho, pois era viúvo, as flores estavam muito bonitas, pois era primavera e, nesse tempo, as flores estão muito bonitas, pois é seu tempo."

Leopoldo não carecia de senso crítico. Compreendeu que seu estilo não era muito bom. No dia seguinte, comprou uma retórica e uma gramática Bello-Cuervo. Ambas o confundiram mais. Ambas ensinavam como escrever bem; mas nenhuma como escrever mal.

No entanto, um ano depois, sem tantos preparativos, esteve em condições de escrever:

"O cão é um animal lindo e nobre. O homem não conta com melhor amigo nem mesmo entre os homens, nos quais se dão com dolorosa frequência a deslealdade e a ingratidão. Em uma elegante e bem situada mansão da populosa cidade, vivia um cão. De raça fina, era bastante pequeno, mas forte e valente ao extremo. O dono desse generoso animal, cavalheiro rico e abastado, tinha uma casa de campo. Fatigado por suas múltiplas e importantes ocupações, um dia decidiu passar uma temporada em sua quinta campestre; mas, preocupado com o trato que o cão poderia receber durante sua ausência por parte da servidão desenfreada, o bondoso e próspero industrial levou consigo o agradecido cão. Sim; temia que os grosseiros criados o fizessem sofrer com sua indolência e descuido.

"O campo na primavera é muito belo. Nessa doce estação, abundam as pintadas flores de deslumbrantes corolas que extasiam a vista do empoeirado peregrino; e o melífluo gorjeio dos alegres e crédulos passarinhos é uma festa para os delicados ouvidos do sedento viajante. Fabio, que belo é o campo na primavera!"

A retórica e a gramática estavam dominadas.

Assegurado esse importante ponto, Leopoldo chegou até o momento em que o lindo e nobre animal tinha de enfrentar o porco-espinho. A tudo isso, eram mais de cento e trinta e duas páginas cheias de sua letra firme e clara; das quais, é certo, havia sacrificado umas cinquenta e três. Aspirava a que sua obra fosse perfeita. Seu desejo era abarcar tudo com aquele simples tema. Suas especulações sobre o tempo e o espaço implicaram não menos do que seis meses de estudo. Suas prolongadas digressões sobre qual é o melhor amigo do homem, o cão ou o cavalo; sobre a vida no campo e a vida nas cidades; sobre a saúde do corpo e a saúde da alma (sem contar sua inovadora tradução do aforismo *mens sana in corpore sano*); sobre Deus e sobre os cães amestrados; sobre o uivar dos cães à lua; sobre o cortejar dos animais; sobre os trenós e sobre Diógenes; sobre Rin Tin Tin e sua época (o cão escalando os sublimes cumes da arte); sobre as fábulas e sobre a quem na realidade pertencem as de Esopo, com as inumeráveis variantes que esse nome suportou em castelhano, tomaram-lhe mais de dois anos de frutífero trabalho. Ansiava fazer de sua obra uma sutil mescla de *Moby Dick*, *A comédia humana* e *Em busca do tempo perdido*.

Isso levava já alguns meses.

Pela época em que o encontramos, havia mudado de opinião. Agora estava pela síntese. Para que escrever tanto se tudo, absolutamente tudo, pode expressar-se na sobriedade de uma página? Convencido dessa verdade, lançou-se ao processo de apagar e rasurar sem misericórdia, com completa fé em sua nova direção artística, e, não poucas vezes, com um elegante espírito de sacrifício.

O dia em que o vimos entrar na biblioteca, sua obra, consideravelmente reduzida, encontrava-se, palavra mais, palavra menos, no seguinte estado:

"Era um bom cão. Pequeno, alegre. Um dia, encontrou-se em um ambiente que não era o seu: o campo. Certa manhã, um porco-espinho..."

Leopoldo fechou o livro de Katz, no que não encontrou nada referente aos porcos-espinhos. Pediu algumas obras que os tivessem estudado; mas o informaram que, injustamente, se havia produzido muito pouco sobre eles. De maneira que, no momento, teve de se conformar com as precárias notícias que dá o *Pequeno Larousse ilustrado*:

"**Porco m.** (*Lat. porcus*). Porco, mamífero paquiderme doméstico. *Fig e fam.* Homem sujo e grosseiro: *Portar-se como um porco. Porco-espinho*, mamífero roedor do norte da África, que tem o corpo coberto por espinhos: *o porco-espinho é inofensivo, noturno e se alimenta de raízes e frutos. Amer.* Coendou. *Prov.* A cada porco chega seu San Martín, a todo mundo chega a hora de padecer. Ao pior porco, o melhor fruto, muitas vezes logram fortuna os que não a merecem. O porco é um animal precioso: todas as partes de seu corpo são comestíveis. Sua carne, que deve ser consumida sempre muito cozida, se conserva em sal. A graxa, aderente à pele, forma o toucinho; derretida e conservada, constitui a banha de porco. As cerdas ou pelos do animal servem para fabricar escovas e vassouras. A reprodução do porco é fácil e rápida; esse animal se contenta com resíduos de toda sorte na falta de frutos, castanhas e batatas, pelas quais tem grande afeição."

— Amanhã — disse Leopoldo a si mesmo —, amanhã farei uma viagem ao campo para documentar.

Uma viagem ao campo! Que lindo conto poderia escrever.

O concerto

Dentro de escassos minutos, ocupará com elegância seu lugar ante o piano. Vai receber, com uma inclinação quase imperceptível, a ruidosa homenagem do público. Seu vestido, coberto de lantejoulas, brilhará como se a luz refletisse sobre ele o acelerado aplauso das cento e dezessete pessoas que enchem esta pequena e exclusiva sala, na qual meus amigos aprovarão ou rechaçarão — não saberei nunca — seus intentos de reproduzir a mais bela música, segundo creio, do mundo.

Acredito nisso, não o compreendo. Bach, Mozart, Beethoven. Estou acostumado a ouvir que são insuperáveis, e eu mesmo cheguei a imaginá-lo. E a dizer que são. Particularmente, preferia não me encontrar em tal situação. No íntimo, estou certo de que não me agradam e suspeito que todos adivinham meu entusiasmo mentiroso.

Nunca fui um amante da arte. Se a minha filha não tivesse ocorrido ser pianista, eu não teria agora esse problema. Mas sou seu pai e sei meu dever e tenho de ouvi-la e apoiá-la. Sou um homem de negócios e só me sinto feliz quando manejo as finanças. Repito, não sou artista. Se há uma arte em acumular uma fortuna, e em exercer o domínio do mercado mundial, e em esmagar os competidores, reclamo o primeiro lugar nessa arte.

A música é bela, certamente. Mas ignoro se minha filha é capaz de recriar essa beleza. Ela mesma duvida. Com frequência, depois das audições, a vi chorar, apesar dos aplausos. Por outro lado, se alguém aplaude sem fervor, minha filha tem a faculdade de descobri-lo entre a plateia, e isso basta para que sofra, e o odeio com ferocidade daí em diante. Mas é raro que alguém aplauda friamente. Meus amigos mais próximos aprenderam na própria carne que a frieza no aplauso é perigosa e pode arruiná-los. Se ela não fizesse um sinal de que considera suficiente a ovação, seguiriam aplaudindo toda a noite pelo temor que cada um sente de ser o primeiro em deixar de fazê-lo. Às vezes, esperam meu cansaço para parar de aplaudir, e então vejo como vigiam minhas mãos, temerosos de adiantarem-se a mim em iniciar o silêncio. No início, enganaram-me, e imaginei-os sinceramente emocionados: o tempo não passou em vão, e terminei por conhecê-los. Um ódio contínuo e crescente se apoderou de mim. Mas eu mesmo sou falso e enganoso. Aplaudo sem convicção. Não sou um artista. A música é bela, mas, no fundo, não me importa que seja, e ela me entedia. Meus amigos tampouco são artistas. Gosto de mortificá-los, mas não me preocupam.

São outros os que me irritam. Sentam-se sempre nas primeiras filas e, a cada instante, anotam algo em suas cadernetas. Recebem ingressos grátis que minha filha escreve com cuidado e lhes envia pessoalmente. Também me entedio com eles. São os jornalistas. Claro que me temem, e com frequência posso comprá-los. No entanto, a insolência de dois ou três não tem limites, e algumas vezes atreveram-se a dizer que minha filha é uma péssima executante. Minha filha não é uma má pianista. Afirmam-me os próprios professores. Estudou desde a infância e move os dedos com mais soltura e agilidade que qualquer uma de minhas secretárias. É verdade que raramente compreendo suas execuções, mas é que eu não sou um artista, e ela bem o sabe.

A inveja é um pecado detestável. Esse vício de meus inimigos pode ser o fator escondido das escassas críticas negativas. Não seria estranho que algum dos que neste momento sorriem, e que dentro de instantes aplaudirão, propicie esses juízos adversos. Ter um pai poderoso foi, ao mesmo tempo, favorável e nefasto para ela. Pergunto-me qual seria a opinião da imprensa se ela não fosse minha filha. Penso com persistência que nunca deveria ter tido pretensões artísticas. Isso não nos trouxe outra coisa senão incerteza e insônia. Mas ninguém nem sequer sonhava, vinte anos atrás, que eu chegaria aonde cheguei. Jamais podemos saber com certeza, nem ela, nem eu, o que na verdade é, o que efetivamente vale. É ridícula, em um homem como eu, essa preocupação.

Se não fosse porque é minha filha, confessaria que a odeio. Que quando a vejo aparecer em cena, um persistente rancor me ferve no peito, contra ela e contra mim mesmo, por ter lhe permitido seguir um caminho tão equivocado. É minha filha, claro, mas, por isso mesmo, não tinha o direito de me fazer isso.

Amanhã aparecerá seu nome nos periódicos, e os aplausos se multiplicarão em letras de forma. Ela se encherá de orgulho e lerá para mim, em voz alta, a opinião laudatória dos críticos. No entanto, à medida que forem chegando os últimos, talvez aqueles cujo elogio seja mais admirativo e exaltado, poderei observar como seus olhos irão se umedecendo e como sua voz se apagará até converter-se em um débil rumor, e como, finalmente, terminará chorando um pranto desconsolado e infinito. E eu me sentirei, com todo o meu poder, incapaz de fazê-la pensar que verdadeiramente é uma boa pianista e que Bach, e Mozart, e Beethoven estariam comprazidos da habilidade com que mantém viva sua mensagem.

Já se fez esse repentino silêncio que pressagia sua saída. Logo seus dedos largos e harmoniosos deslizarão sobre o teclado, a sala se encherá de música, e eu estarei em sofrimento uma vez mais.

O centenário

— ... O que me lembra — eu disse — a história do malgrado sueco Orest Hanson, o homem mais alto do mundo (em seus dias. Hoje a marca que impôs se vê superada com frequência).

Em 1892, realizou uma meritória turnê pela Europa exibindo sua estatura de dois metros e quarenta e sete centímetros. Os jornalistas, com a imaginação que os distingue, o chamavam de o homem-girafa.

Imaginem. Como a fraqueza de suas articulações não lhe permitia fazer quase nenhum esforço, para alimentá-lo era preciso que algum familiar seu trepasse nos galhos de uma árvore para levar à sua boca bolinhas especiais de carne moída e pequenos pedaços de açúcar de beterraba como sobremesa. Outro parente amarrava os cadarços dos sapatos. Um terceiro vivia sempre atento à hora em que Orest necessitasse pegar do solo algum objeto que, por descuido ou por sua peculiar torpeza, lhe escapava das mãos. Na verdade, seu reino não era deste mundo, e dava para adivinhar em seus olhos tristes e distantes uma persistente nostalgia pelas coisas terrenas. No fundo de seu coração, sentia uma inveja particular dos anões e sonhava sempre estar tentando, sem êxito, alcançar os batentes das portas e se pondo a correr, como nas tardes de sua infância.

Sua fragilidade chegava a extremos incríveis. Quando passeava pelas ruas, cada passo seu fazia os transeuntes escandinavos temerem um estrondoso desabamento. Com o tempo, seus pais deram mostras de ávido pragmatismo (que mereceu mais de uma crítica) ao decidir que Orest saísse unicamente aos domingos, precedido de seu tio carnal, Erick, e seguido de Olaf, servente, o qual recebia em seu chapéu as moedas que as almas sentimentais se viam na obrigação de pagar por aquele espetáculo cheio de gravitante perigo. Sua fama cresceu.

Mas é certo que não há felicidade completa. Pouco a pouco, na alma infantil de Orest, começou a filtrar-se uma irresistível afeição por aquelas moedas. Finalmente, essa legítima atração pelo metal cunhado veio a determinar seu derrubamento e a razão de seu estranho fim, que se verá no lugar oportuno.

Barnum o converteu em profissional. Mas Orest não sentia o chamado da arte, e o circo só lhe interessou como fonte de renda. Por outro lado, seu espírito aristocrático não resistia nem ao cheiro dos leões, nem a que as pessoas dele se apiedassem. Disse adeus a Barnum.

Com dezenove anos, media dois metros e quarenta e quatro. Depois veio um recesso tranquilizador, e só aos vinte e cinco descobriu sua estatura normal, de dois e quarenta e sete, que já não o abandonou até a hora da morte. O descobrimento se produziu assim. Convidado a visitar Londres por um gracioso capricho de Suas Majestades Britânicas, dirigiu-se ao consulado da Inglaterra em Estocolmo para obter o visto. O cônsul inglês, como tal, o recebeu sem maiores demonstrações de assombro e ainda se atreveu a perguntar por seus dados particulares e a duvidar de que medisse dois metros e quarenta e cinco na hora de fazer a filiação. Quando o esquadro revelou que eram dois e quarenta e sete, o cônsul fez o tranquilo gesto que significa: "Eu disse". Orest não disse nada. Aproximou-se em silêncio da janela e dali, ressentido, contemplou durante longos minutos o mar agitado e o céu azul em calma.

Daí em diante, a curiosidade dos reis europeus elevou seus ingressos. Em pouco tempo, chegou a ser um dos gigantes mais ricos do continente, e sua fama se estendeu, inclusive, entre os patagões, e os yaquis, e os etíopes. Naquela revista que Rubén Darío dirigia em Paris, podem ser vistas duas ou três fotografias de Orest, sorridente ao lado das mais elevadas personalidades de então; documentos gráficos que o alto poeta publicou no décimo aniversário da morte do artista, à maneira de uma homenagem tão merecida como póstuma.

De repente, seu nome desapareceu dos jornais.

Mas, apesar de todas as manobras forjadas para manter em segredo as causas que concorreram para seu inesperado ocaso, hoje se sabe que morreu tragicamente no México durante as Festas do Centenário, às quais assistiu convidado de maneira oficial. As causas foram vinte e cinco fraturas que sofreu por agachar-se para pegar uma moeda de ouro (precisamente um "centenário") que, em meio a seu rasteiro entusiasmo patriótico, lhe lançou o chihuahuense e obscuro Silvestre Martín, capanga de dom Porfirio Díaz.

Não quero enganá-los

As preliminares da apresentação não correram como previsto. Na sala cheia, o público, impaciente e acalorado, remexia-se inquieto nos assentos. No centro do cenário havia um microfone, do qual, de vez em quando, saía um angustiante zumbido.

De repente, uma voz metálica anunciou através do amplificador que os protagonistas do filme, que acabavam de chegar da França, subiriam ao proscênio para dizer algumas palavras e — ainda que isto não tenha sido mencionado, apesar de ser o mais atrativo — para mostrar-se um pouco em carne e osso. O mestre de cerimônias, um homem diligente e calvo, mescla de timidez e segurança, começou a falar, fingindo certo tom profissional que denunciava, desde o primeiro momento, sua escassa experiência.

Como se não estivesse tudo preparado de antemão, a estrela feminina aparentou surpresa de seu assento quando foi chamada; mas prontamente subiu, radiante, e disse que agradecia muito, em meio à aprovação geral. Depois apareceu o ator principal, que, ao fim de um curto silêncio, e não achando outra coisa melhor para declarar, gritou em seu espanhol ruim: "Viva México!", e foi muito aplaudido.

Posteriormente, apresentaram-se os artistas de menor magnitude e, claro, uma quantidade de pessoas que não tinha nada a ver, entre elas um indivíduo baixinho que se deu importância confessando ser capaz de imitar vozes de artistas do rádio e de animais, e assim o fez. Por último, depois de terem sido penosamente esquecidos, o produtor do filme e sua esposa.

O mestre de cerimônias apresentava cada um com intrépidas frases de elogio e pedia aplausos para todos. Não era muito hábil, mas dissimulava sua inaptidão exaltando todo mundo e movendo afanosamente os braços em busca de uma aprovação que o público tinha cada vez menos vontade de outorgar-lhe.

— Temos também conosco — anunciou finalmente — a senhora esposa do produtor, a grande atriz — consultou às pressas um papelzinho —, a grande atriz, Sra. De Fuchier, que vai dirigir-nos umas palavras e a quem peço um forte aplauso.

Das poltronas, oito ou dez pessoas responderam com cansaço a sua insinuante palmadinha.

A Sra. De Fuchier teve oportunidade de luzir sua beleza loira, seu fulgurante vestido e suas joias quando se aproximou do microfone. Insegura e desajeitada, moveu nervosamente um plugue durante vários segundos até conseguir pôr o aparato à altura da boca; sorriu envergonhada como que dizendo "finalmente!", e o público sorriu com ela, compreensivo.

— Meu querido público, muito obrigada — começou. — Antes de mais nada, quero esclarecer que não sou uma grande atriz, como acaba de afirmar meu querido amigo, o senhor, o senhor — e apontou para o mestre de cerimônias.

— Não sou nem sequer atriz. Claro que me agradaria sê-lo e poder dar a vocês, com frequência, uns minutos de alegria; mas, bem, creio que a arte é algo muito difícil e, francamente, bem, pois penso que a arte é algo muito difícil e tremo ante a simples ideia de estar frente a uma câmara com os refletores em cima, como se fossem me fuzilar. Suponho que essa seria a sensação. De modo que não sei, realmente, por que assegurou ele que sou uma atriz. Não somente uma atriz, atentem, mas uma grande atriz. Quisera eu que fosse verdade porque, apesar de tudo, bem, sinto uma grandíssima atração pelos palcos. Na escola, havia muitos anos, tínhamos um grupo e representávamos umas pastorelas muito bonitas, podem vocês imaginar; mas eu nunca cheguei a vencer minha timidez e, quando me encontrava diante do público, sentia que as ideias iam não sei aonde, e eu suava porque me dava conta de que todos prestavam atenção em mim como se eu estivesse nua, e depois já não sabia se estava fazendo o papel de pastora, de ovelha ou de Menino Deus. Imaginem só. Quando esquecia minha parte e por que estava ali, o que me ocorria era inventar algo, e falar e falar qualquer coisa para não ficar calada como uma tonta. Bem, por isso rogo a vocês que não acreditem que vai falar uma artista, por assim dizer, já feita.

Fracos aplausos entre múrmuros de impaciência e de aprovação foram ouvidos na sala. Um senhor magro se voltou para sua mulher e sussurrou: "Então, e esta?".

— Só quero dizer que me sinto muito contente de estar aqui com vocês esta noite; mas daí eu ser uma grande atriz, bem, é muito longe da verdade. Que esperança! Se não fosse por meu esposo, o senhor Fuchier, que administra o trabalho, bem, creio que eu nem sequer estaria aqui. Mais ainda, quando ele me propôs insistentemente que encarnasse na tela de prata a protagonista de *Ventos de liberdade*, que agora vamos ver, lembrei minhas experiências da escola e disse a mim mesma: O que você vai fazer? E se fracassar?. E por mais que ele me estimulasse com seus repetidos "Anda, anime-se, no cinema não é necessário saber atuar", eu tomava isso como uma indireta a minha incapacidade artística, bem, que ele não acreditava em mim, e nunca quis, porque me conheço. A verdade é que gosto de atuar e, às vezes, quando estou sozinha na minha casa, paro diante do espelho e, sem que ninguém se dê conta, porque me daria muita vergonha, ensaio alguns papéis de pastorinha para não perder o costume. Então me esqueço de tudo e sou feliz. Mas se alguém entra nesses momentos e me surpreende no ato de recitar, faço que estou me penteando, ou tratando de matar moscas. O que eu mais gostaria de fazer é comédia. É mais fácil porque se alguém tropeça, por exemplo, com uma parede, o público ri e não deixa de ver. No drama é outra coisa.

Os assistentes mais respeitosos tentaram calar o rumor que começava a levantar-se na sala. Resignados, os impacientes se conformaram com ouvir um pouco mais a Sra. De Fuchier, entre divertidos e confusos. Só o senhor magro insistiu em fazer ruído com um jornal, mas sua mulher lhe disse: "Como você é!".

— Em alguns momentos me vieram desejos de pôr-me a estudar. Mas não; nunca me atrevi. Tinha desejos, sim, mas o que você vai fazer?, eu me perguntava. E passava o dia todo pensando talvez amanhã, talvez amanhã. Isso é o que quero esclarecer; porque não gosto de me atribuir méritos que não tenho. Todos são muito bons comigo; mas daí que eu esteja aos pés de Talía, que é a musa do teatro, há uma distância enorme.

As recomendações de sanidade foram descartadas pela maioria, e os aplausos voltaram a soar, desta vez mais fortes e mesclados com assovios. Um grito desde o anfiteatro remedou a voz da senhora De Fuchier, e todos riram acreditando que era o homem que imitava vozes de artistas e animais no rádio.

— Em primeiro lugar, é preciso estudar muito; e eu não sirvo, bem, nunca servi para o estudo, pois me distraio com frequência; como dizem, perco o fio e me ponho a pensar em outra coisa e não me concentro direito. E o que a arte requer, sobretudo, é concentração e esforços prolongados, e não pensar em outra coisa. Ou seja, eu dizia a mim, o que falta a você é constância; a verdade é que não tem vocação. É certo, gosta do teatro, mas não tanto, então para que se empenhar? E se fracassar? Se é para orgulhar seu marido, que já a ama como é, está bem; mas se trata-se de uma simples vaidade, para que se empenhar? É o que digo quando medito à noite. E suponho que assim também pensa meu marido. Quem sabe. Não acreditem, no fundo, admito que tenho uma vontadinha de chorar.

O mestre de cerimônias, atento a sua responsabilidade, olhava a todos e gesticulava em seu afã de explicar: "O que fazemos? Eu não tenho culpa. A situação é penosa, tenho ciência disso, mas não posso fazer nada".

— Eu me aproximei deste microfone, bem, pois quero que saibam quão contente estou de me encontrar esta noite em meio a tão grandes artistas; mas daí ao que disse este senhor, pois, na verdade, não quero que vocês formem uma falsa ideia de mim. Se for possível, prometo a vocês que me esforçarei, que estudarei e que, algum dia, serei digna, bem, do nome de atriz; mas, por ora, tenho de ser franca e não enganar a mim mesma nem enganar vocês.

Enquanto isso, e absorto em seu próprio problema, o mestre de cerimônias seguia tratando de se fazer entender com gestos e olhares inteligentes. Interessava-lhe que o público captasse esta mensagem: Compreenda. Fazê-la calar não me parece correto. Talvez se vocês aplaudirem mais alto, ou assoviarem mais alto, ou fizerem algo. Claro, eu sou o mestre de cerimônias, mas tudo isso é tão estranho. Percebem a minha situação? Só uma vez, faz alguns anos, tive uma experiência parecida. Bem, foi quando eu começava a trabalhar nisso e me incomodava. Um dia, o presidente da República chegou ao meu povoado, na ocasião em que um tio meu, por pura coincidência, fazia aniversário; ao ver o presidente, acreditou que este se dirigia ao povoado para felicitá-lo e se pôs a dizer pelo microfone que não merecia tanta honra e que não era ninguém para que o presidente fosse vê-lo, e eu não encontrava jeito de arrumar a coisa. Bem, o que querem que faça, eu também estou muito envergonhado. Aquilo de grande atriz, bem, era uma cortesia.

— Quero insistir que me sinto muito contente por estar aqui esta noite em que inauguramos este festival de cinema italiano. De repente, penso que talvez em um filme neorrealista seja mais fácil trabalhar, mas digo a mim mesma: O que você vai fazer? E se fracassar? Não sei, talvez este seja meu caminho: um papel simples, sem complicações; bem, algum em que eu possa improvisar um pouco sem nenhum temor, deixar solta minha personalidade. Enfim, não sei.

Os gestos do mestre de cerimônias eram, a cada momento, mais desesperados. Retorcia as mãos e piscava os olhos; mas um observador atento poderia ter compreendido que seu tio estava, outra vez, enredado em algo com o presidente da República.

Chegou um instante em que o público já não sabia a quem assistir, se à Sra. De Fuchier, com o discurso de suas aspirações, seus medos e suas desculpas, ou ao mestre de cerimônias, com sua gesticulação desconcertada. Optou pelo riso franco e o esperneio. O senhor magro dava rédea solta aos seus instintos e tratava de ficar de pé no assento, mas sua mulher puxava-lhe uma manga e dizia: "O que há com você?".

— Talvez se estudasse com um bom professor, poderia me acostumar ao público e me concentrar, porque o que me falta, sobretudo, é concentração, e a arte, vocês bem o sabem, o que requer é concentração.

Os outros convidados de honra, manobrando habilmente, haviam se retirado do cenário, um a um. O senhor Fuchier foi até a cabine de operadores e ordenou que começasse o filme. Então, sobre um fundo movediço e musical, vieram as sombras do mestre de cerimônias e da Sra. De Fuchier, cada uma por seu lado, correndo, e gesticulando, e dando as últimas explicações.

Vaca

Quando ia outro dia no trem me ergui de repente feliz sobre minhas duas patas e comecei a gesticular de alegria e a convidar todos a ver a paisagem e a contemplar o crepúsculo que estava maravilhoso. As mulheres e as crianças, e uns senhores que detiveram sua conversação, me olharam surpresos e riram de mim, mas, quando me sentei outra vez, silencioso, não podiam imaginar que eu acabava de ver afastar-se lentamente à margem do caminho uma vaca morta mortinha sem que houvesse quem a enterrasse, nem quem editasse suas obras completas, nem quem lhe dissesse um emocionado e choroso discurso por quão boa havia sido e por todos os jarrinhos de leite fumegante com que contribuíra para que a vida em geral e o trem em particular seguissem sua marcha.

Obras completas

Quando fez cinquenta e cinco anos, o professor Fombona havia consagrado quarenta ao resignado estudo das mais diversas literaturas, e os melhores círculos intelectuais o consideravam autoridade de primeira ordem em uma dilatada variedade de autores. Suas traduções, monografias, prólogos e conferências, sem ser o que se chama geniais (pelo menos é o que dizem até seus inimigos), poderiam constituir, conforme o caso, uma preciosa memória de quanto de valor foi escrito no mundo, sobretudo se esse caso fosse, digamos, a destruição de todas as bibliotecas existentes.

Sua glória como mestre da juventude não era menor. O seleto grupo de ávidos discípulos que comandava, e com o qual compartilhava uma ou outra hora pelas tardes, via nele um humanista de inesgotável erudição e seguia suas indicações com fanatismo incondicional, com o qual ele próprio, Fombona, era o primeiro a assustar-se: mais de uma vez havia sentido o peso desses destinos gravitando sobre sua consciência.

O último, Feijoo, apareceu timidamente. Um dia, com um pretexto qualquer, atreveu-se a reunir-se no café*. Aceito, a princípio, por Fombona, mais tarde se incorporou ao grupo como todo bom neófito: com certo temor inocultável e sem participar muito nas discussões. No entanto, passados alguns dias e vencida em parte a timidez inicial, dedicou-se, por fim, a mostrar-lhes alguns versos. Gostava de lê-los ele mesmo, acentuando, com entonação incomodamente escolar, as partes que acreditava de maior efeito. Depois dobrava seus papeizinhos com nervosa serenidade, os metia em seu cartapácio e jamais voltava a falar deles. Ante qualquer opinião, favorável ou negativa, desenvolvia um silêncio oprimido, incômodo. Inútil registrar que a Fombona esses trabalhos não pareciam bons, mas adivinhava no autor certa força poética oculta pugnando por sair.

A insegurança de Feijoo não podia escapar à felina percepção de Fombona. Muitas vezes, pensou com cuidado e esteve a ponto de dizer-lhe umas palavras elogiosas (era óbvio que Feijoo delas necessitava); mas uma resistência estranha que não chegou nunca a compreender, ou que tratava por todos os meios de ocultar, o impedia de pronunciar essas palavras. Pelo contrário, se algo lhe ocorria era antes uma broma, qualquer agudeza sobre os versos, que provocava invariavelmente o riso de todos. Dizia que isso "quebrava o gelo", fazendo menos sensível sua presença de mestre; mas um acre remorso sempre se apoderava dele imediatamente depois daquelas saídas. A parcimônia no elogio era virtude que cultivava com mais esmero. Sem dúvida porque ele mesmo, à idade de Feijoo, se envergonhava

---

* O Daysie's, na rua de Versalles, próximo da Reforma.

de escrever versos, e um rubor invencível — tanto mais difícil de evitar quanto mais combatido — lhe subia ao rosto se alguém elogiasse suas vacilantes composições. Ainda agora, quando quarenta anos de tenaz exercício literário — traduções, monografias, prólogos e conferências — lhe davam uma segurança antes desconhecida, evitava todo gênero de louvor, e os elogios de seus admiradores para ele eram mais uma constante ameaça, algo pelo que em segredo implorava, mas que rechaçava sempre com um gesto esquivo, ou superior.

Com o tempo, os poemas de Feijoo começaram a ser perceptivelmente melhores. Claro, nem Fombona, nem seu grupo o diziam, mas na ausência de Feijoo comentavam a possibilidade de que terminasse por converter-se em um grande poeta. Seus progressos se tornaram, afinal, tão notórios que o mesmo Fombona se entusiasmou e, uma tarde, como que sem se dar conta, lhe disse que, *apesar de tudo*, seus versos encerravam não pouca beleza. O rubor de Feijoo ante o insólito desse inesperado incenso foi mais visível e penoso do que nunca. Evidentemente, sofria pela exigência futura que essas palavras implicavam: enquanto Fombona guardou silêncio não teve nada a perder; agora sua obrigação era superar-se a cada novo intento para conservar o direito àquela generosa frase de alento.

Desde então, foi cada vez mais difícil para ele mostrar seus trabalhos. Por outro lado, a partir desse momento, o entusiasmo de Fombona se transformou em uma discreta indiferença que Feijoo não teve a capacidade de compreender. Um sentimento de impotência o assaltou já não só ante os demais, como também até a sós consigo mesmo. Aquele louvor de Fombona equivalia um pouco à glória, e o risco de uma censura foi algo que Feijoo não se sentia com forças para afrontar. Pertencia à classe de pessoas às quais os elogios causam danos.

No Daysie's, o café não é muito bom, e ultimamente a televisão o contamina. Saltemos sobre a ingrata descrição desse ambiente banal e não nos detenhamos, pois não vem ao caso, nem mesmo a ver os rostos cheios de vida das adolescentes que povoam as mesas, muito menos a ouvir as conversas dos sérios empregados de banco que, à tarde, à hora do crepúsculo, gostam de dialogar, cheios da suave melancolia própria de sua profissão, acerca de seus números e das mulheres sutilmente perfumadas com que sonham.

Iturbe, Ríos e Montúfar conversam sobre suas respectivas especialidades: Montúfar, Quintiliano; Ríos, Lope de Vega; Iturbe, Rodó. Ao calor de um café que a conversa havia deixado esfriar, Fombona, como um diretor de orquestra, assinalava a cada um a nota apropriada e extraía, uma e outra vez de sua insondável sacola cinza (cruelmente danificada por manchas sobrepostas de origem pouco misteriosa), cartões com novos dados, pelos quais a posteridade estaria na aptidão de saber que houve uma vírgula que Rodó não pôs, um verso que Lope encontrou praticamente na rua, uma locução que indignava Quintiliano. Brilhava em todos os olhos a alegria que essas contribuições eruditas sempre despertam nas pessoas de coração sensível. Cartas de primordiais especialistas, envios de amigos distantes e até contribuições de procedência anônima iam acrescentar, semana a semana, o conhecimento exaustivo desses grandes homens distantes no tempo e na geografia. Essa variante, aquela simples errata descoberta nos textos, agregavam ao grupo a fé na importância de seu trabalho, na cultura, no destino da humanidade.

Feijoo, segundo seu costume, chegou em silêncio e se pôs de imediato à margem da conversa. À parte conhecer bem Lope de Vega (ainda que conhecer "bem" Lope de Vega fosse algo que Fombona não acreditava possível), é improvável que soubesse distinguir com clareza a diferença precisa entre Quintiliano e Rodó. Resultava fácil ver que se sentia incomodado e como que diminuído.

Fombona considerou propício o momento. Como acontecia nesses casos, produziu-se um carregado silêncio que se prolongou por vários minutos. Depois, sorrindo um pouco, disse:

— Diga-me, Feijoo, você lembra aquela citação de Shakespeare que Unamuno traz no capítulo III de *Do sentimento trágico da vida*?

Não; Feijoo não lembrava.

— Procure-a; é interessante, pode lhe servir.

Tal como esperava, no dia seguinte Feijoo falou daquela citação e de sua desastrada memória.

Unamuno deixou de ser tema de conversa por alguns dias. E Quintiliano, Lope e Rodó tiveram tempo de crescer consideravelmente.

Quando Unamuno já estava esquecido por completo:

— Feijoo — disse outra vez sorrindo Fombona —, você, que conhece Unamuno tão bem, lembra qual foi seu primeiro livro traduzido ao francês?

Feijoo não lembrava muito bem.

No sábado e no domingo seguinte não se viram. Mas, na segunda, Feijoo proporcionou esse dado, e a data, e os dados editoriais.

Desde esse dia inesquecível, as conversações ganharam um novo hóspede efetivo: Feijoo. Agora falava muito melhor, e em certo entardecer desaprazível, em que a chuva imprimia uma vaga tristeza no rosto de todos, Feijoo pronunciou pela primeira vez, clara e distintamente, o nome sagrado de Quintiliano. Feijoo, antiga peça solta naquele harmonioso sistema, havia encontrado, afinal, seu lugar preciso na engrenagem. Desde então, uniu-os algo que antes não compartilhavam: o afã de saber, de saber com precisão.

Fombona voltou a gozar o deleite de sentir-se mestre, e um dia ou outro imprimiu um novo signo àquela dócil matéria. A indecisão de Feijoo encaixava tão facilmente na indecisão de Unamuno! O tema não foi escolhido ao acaso. O campo era infinito. Unamuno filósofo, Unamuno novelista, Unamuno poeta, Kierkegaard e Unamuno, Unamuno e Heidegger e Sartre. Um autor digno de que alguém lhe consagrasse a vida inteira, e ele, Fombona, encaminhando essa vida, fazendo-a uma prolongação da sua. Imaginava Feijoo em um mar de papéis, e notas, e provas de imprensa, livre de temores, de seu horror à criação. Que segurança adquiriria! Como dali em diante aquele querido menino temeroso poderia enfrentar quem quer que fosse, e falar de tudo através de Unamuno. E viu a si mesmo, quarenta anos atrás, sofrendo envergonhado e sozinho pelo verso que se negava a sair, e se saía era unicamente para produzir-lhe aquele rubor como fogo que nunca pôde explicar-se. Mas, de novo, a velha dúvida voltou a atormentá-lo. Perguntou-se outra vez se suas traduções, monografias, prólogos e conferências — que constituiriam, no presente caso, uma preciosa memória de quanto de valor havia sido escrito no mundo — bastariam para compensá-lo da primavera que só viu através de outros e do verso que não se atreveu nunca a dizer. A responsabilidade de um novo destino oprimia seus ombros. E como que um remorso, o velho remorso de sempre, veio a intranquilizar suas noites: Feijoo, Feijoo, menino querido, escapa, escapa de mim, de Unamuno; quero ajudá-lo a escapar.

Quando Marcel Bataillon nos visitou há uns meses, Fombona lhes propôs organizar uma reunião para entretê-lo e falar de seus livros.

Na pequena festa, Bataillon se interessou vivamente pelos novos poetas, pela investigação literária, por tudo. Por volta das dez e meia, Fombona pegou Feijoo pelo braço (acreditou perceber uma ligeira resistência que foi vencida mais pela autoridade de seu olhar sorridente que pela força), aproximou-se do distinto visitante e pronunciou devagar, com calma:

— Mestre, quero lhe apresentar Feijoo. É especialista em Unamuno; prepara a edição crítica de suas *Obras completas*.

Feijoo lhe apertou a mão e disse duas ou três palavras quase inaudíveis, mas que significavam que sim, que muito prazer, enquanto Fombona saudava alguém a distância, ou buscava um fósforo, ou algo.

tipologia Abril
Papel Pólen Soft 80g/m³
Impresso pela gráfica Loyola para a Mundaréu
São Paulo, março de 2022